AF191425

Daniel Phoenix

A Démon és a Tündér legendája

Ott leszek Veled

novum ⬛ pro

Ez a könyv
e-könyvként
is elérhető

www.novumpublishing.hu

ISBN 978-3-99131-236-9
Lektor: Jablonszki Laura
Borítóképek: Digiselector, Lyotta,
Zpkovalev | Dreamstime.com
Borító, tördelés & nyomda:
novum publishing
Illusztrációk: Daniel Phoenix,
Lunara Kazami

A szerző által a kiadó rendelkezésére
bocsátott képek a legjobb minőségben
kerültek nyomtatásra.

www.novumpublishing.hu

Climate neutral
Print product
ClimatePartner.com/16547-2201-1002

Bevezető

Üdvözöllek, kedves olvasó! Ha van egy kevés szabadidőd, szeretnék elmesélni neked egy történetet bizonyos fogalmakról és érzelmekről. Felteszem, azért tévedtél ide, mert folyton ugyanazok a kérdések motoszkálnak a fejedben, melyeket bárkitől és bárhol felteszel, sosem kapsz méltó választ. Én leszek a narrátor, legjobb tudásom szerint igyekszem bemutatni a tisztelet, az erkölcs és az empátia valós jelentését. Megmutatom, mi tesz különbséget a fájdalmas igazság és a kényelmes hazugság, a mesebeli és valós hősök, babonás és tisztánlátó ember között. Utunk során többször fogunk találkozni olyan eseményekkel, amelyek arra késztetnek minket, hogy átértékeljük eddigi olyan elképzeléseinket, amikben talán biztosabbak voltunk, mint saját magunkban.

Hideg, őszi este ereszkedett az Aeren Királyság határán fekvő Farasil-erdőre. Ez egy nagy kiterjedésű fenyőerdő, amely szinte természetes falként tornyosul a kíváncsi látogatóra. Ha valaki besétált ebbe a hatalmas fenyvesbe, egy csodálatos élményben lehetett része. Szélcsend, sehol egy árva lélek, az élet csakúgy burjánzik. Állandó félhomály és csend honol. Ez egyesek számára megnyugtató, másnak félelmetes. Szerencsére nem olyan nagy a csend. Néhol madarak csiripelése és állatok tevékenysége töri meg. Itt egy patak, ott egy hatalmas szikla különlegesíti az erdőt. Egy-két helyen még tisztások is vannak, ahol aztán kedvükre szaladgálhatnak az állatok és egy kis fény is beszűrődik.

A Farasil-erdő nem annyira érintetlen. Egy nemesi család birtokolja, kik szintén az erdőben élnek egy kastélyban. Kívülről nézve szinte csak a tornyai látszódtak, miközben az egész kastélyt körbeölelték a fenyőfák. A kastély grófja egy professzor volt. Abban az időben számos felfedezést tett a tudomány fejlődésének érdekében csillagászatból, természettudományból. Felfedezéseit egy könyvbe írta, melyet féltve őrzött a világ elől. Tudniillik nemcsak növényekről volt benne szó, a grófot a világ ismeretlenebbik része foglalkoztatta, egy másik életforma a mi földünkön túl. Egy egészen más nép, szinte már rémisztően hasonlítanak az emberekre, legalábbis külsőre. A professzor úr találkozott és jó barátságot kötött velük. Ők voltak a tündérek; segítettek kutatásaiban, melyeket az emberi világban folytathatott. Mind lejegyezte könyvébe, amely így a leghatalmasabb leírt hatalommá vált. Azonban ez a hatalom nem érdekelte a grófot, csakhogy minél többet tudhasson meg az emberek számára rejtett világról.

Ezen az éjszakán a gróf, Cornelius Corvinus vendégül látta fiát és annak családját. Kellemes volt a társaság, a felnőttek táncoltak, a gyerekek fogócskát játszottak a kastély emeletei közt. Kint csak a bagoly huhogása és a tücsök ciripelése hallatszott. Az ég felhőtlen volt, legalább annyira nyugodt is. A Háromholdak gyönyörűen megvilágították a tájat, kirajzolták a fák sziluettjeit, az állatok szemeiről fényük visszacsillant. Fenséges látvány, én mondom. Minden teljesen nyugodt volt. Azonban az éjszaka csendjét valami éktelen zaj zavarja meg. Szekér csörtetése, lovak vágtatása és a fegyverzet éles csörgésének hangja. Ők voltak a Basiliscus Rend lovagjai. Elkötelezett, ádáz harcosok, kegyetlenségük egész Aeren-ben hírhedt volt. Lovaikat fekete köpeny fedte, akárcsak a lovagokat, teljes páncélzatban, melyek még a tűz ellen is biztonságot nyújtottak. Dedikáltságukat már többször bizonyították hadjárataikkal és véres boszorkányüldözéseikkel. Valahányszor csak felvonulást tartottak városokban és falvakban, magukkal hozták a rettegést, a félelmet és számtalan bűnüket. Jogos a kérdés, mit keres ez a fanatikus szervezet egy ennyire ártatlan családnál az éjszaka közepén? A Corvinusok örökségét. Cornelius kutatásaira fáj a foguk.

A professzor egy volt az egyetemek legkiválóbb tudósai közül, ettől fogva a háta mögött mindig követték őt. Sikerült ellopniuk az egyik tervét, amely arra szolgál, hogy a mágikus tevékenységek nyomait keressék vele. Cornelius saját kutatásának csapdájába esett. Családja máris végveszélyben. Szerencsére egy fáklyákkal vágtató, hangos zászlóaljat nem nehéz kiszúrni az erdőben. Az egyik cseléd észrevette őket és még időben figyelmeztetni tudta a Corvinusokat. A család elmenekült, de Cornelius ott maradt, hogy a családtagok nagyobb eséllyel menekülhessenek el egy földalatti alagúton keresztül, egészen a következő országig, Eclain Birodalomig. A vezérlovag kisebb beszélgetést folytatott le Cornelius gróffal. Azt akarta, hogy a rendnek dolgozzon. Ő inkább az életét adta, mintsem a boszorkányvadászokat szolgálja. A lovagok felfedezték, hogy a professzornak egy családja is volt. Átkutatták az egész erdőt, majd a környező falut. A család sehol. Elbújtak a szomszédos Eclain Birodalomban, nevüket megváltoztatták. A családra százhatvan éves homály borult, akik sosem alhattak nyugodtan a rend haragjától. A család ugyan feledésbe merült, emléküket ma is őrzi a kastély, mélyen, Farasil sötét fenyőfái közt. Beköszöntött az új évszázad, a világ is változik. A két ország, Aeren és Eclain szövetséget köt egymással, teret engedve a Basiliscus Rend befolyásának. Egy világ, ahol a kegyetlenség és a félreértések pusztítanak, egy világ, ahol az empátia és a boldogság csak jelentéstelen szavak, azért mégis van remény. Egy fiú, kinek kora ellenére talán több tapasztalat van az életről a háta mögött, mint bármelyik kortársának a generációjából. A Corvinusok utolsó leszármazottja, Ace.

1. fejezet

Elfeledett történelem

Gyakran történt meg Ace-szel, hogy könnybe lábadt szemmel ébredt reggeleken, éjszakákon. Nem mindig volt rá ok, de bármikor előfordult, akkor érezte magát a leginkább egyedül. Ez is egy szokásos reggel volt Ravenfeather városában. Bár az is igaz, hogy az utóbbi időben kissé hangosabb volt, mint régebben. Ez egy kisebb alvóvárosnak számított, az emberek ezért szerették. Szerették a mindennapok unalmas menetelét, a megszokás kényelmét. Ezzel így volt Ace Marlow is, aki inasként tevékenykedett a helyi bútorműhelyben, nem messze a város központjától. Ez a város Eclain Birodalomban helyezkedett el és a szomszédos Aeren Királysággal állt szövetségben. Hosszú idők óta háborúzott egymással a két ország, de az utóbbi 15 évben béke szállt az államok népeire. Háromszáz évnyi viszály zárult le. Mondhatjuk úgy is, hogy végre nyugodtan alhatnak a civilek, a parasztok békével vethetik terményeiket, a kereskedők biztonságosabban utazhatnak az utakon, a városok építői nem leendő romokat emelnek. Ravenfeather fejlődésnek indult és fontos kereskedelmi pont lett a birodalom szélén. Ahogy Ace az utcákat járta, mindenhol lehetett hallani a gyerekek boldog hangját, az emberek társalgását. A központba érve Ace-nek sikerült egy hangot elkülönítenie a többitől.

– Ace! – szólt egy ismerős hang valahonnan a tömegből.

A fiú hamarosan megismerte, ez a hang régi barátjának, Zack-nek a hangja volt. Az egyetlen barátja.

– Rég is volt, nem igaz? – mondta boldogan. – Remélem, megismersz még!

– Hát persze! – azzal kezet ráztak egymással.

A két csibész, ahogyan régen nevezték őket. Ez azért volt, mert gyerekkorukban gyakran beosontak üzletekbe és tiltott helyekre. Nem ritkán épületek tetején menekültek a csendőrök elől, nagyot nevettek azon, hogy a tetőszerkezet csak őket bírja el.

– Hogy-hogy visszajöttél? – tette fel a kérdést Ace, miközben együtt sétáltak végig a központon.

– Tudod, az öregem régen meghalt. Egyedül maradtam a földemen és rám maradt a munka egésze. Őszintén, örülök, hogy végre itt próbálhatok szerencsét. A többieket már régen sem ismertem, nem tudom, emlékszel-e?

– Részvétem! Igen, emlékszem, hogy meséltél róluk. De te jól vagy? – kérdezte Ace együttérzően.

– Ugyan, nem érdekes! Rég volt már, én pedig felnőttem. Végtére is, muszáj volt. Túl sok volt az a farm egy emberre, munkásra meg nem volt pénzem. Eladtam és idejöttem.

– Utat! – szólt egy ismeretlen hang a tömegből. – Félre, adjatok utat a rend lovagjainak!

A Basiliscus Rend volt az. Rutin-felvonulásukat végezték a városokban. Bár ünnepnek látszott, inkább egy erőfitoktatás volt részükről. Szokásos módon teljes páncélzatban és felszerelésben meneteltek, szinte mintha csatába mennének. Zászlójukon a leviatán kígyó díszelgett zöld színben a fekete alapon.

– Hát ezek meg? – kérdezte érdeklődve Zack. – Mi ez, újabb háború?

– Dehogyis! Ez itt a Basiliscus Rend. Aeren-ben alakult, de itt is jelen van, amióta csak szövetséget kötött a két ország. Sose értettem, mire ez a nagy masírozás.

Azonban ez a felvonulás most más volt. Ahogy elhaladtak a nehézpácélosok és számszeríjasok, az oszlop közepén egy ketrec volt. Benne egy nő volt rabul ejtve. Bár látszott rajta, hogy életben van, arcán ez korántsem látszott. Több napja lehetett így, mert teljesen le volt gyengülve, nem reagált semmire. Úgy nézett ki, mint aki teljesen felkészült arra, ami rá vár, és hogy az élettől már semmit nem vár. Haja részben elfedte arcát, így nehezen lehetett látni. Egy pillanatra felnézett, mintha csak Ace-t figyelné. Bár nem rá nézett, tekintete mégis találkozott Ace-ével, ahogy elhaladt mellette. Ekkor a fiú valami furát érzett. A nő tekintete a lelkéig hatolt. Ace érezte, hogy valami nincs rendben. Aggodalom és kétségbeesés szaladt át a hátán, mint aki tudja, hogy egy ártatlan személyt lát maga előtt. Mikor a tér közepére ért, a szakasz megállt, majd szalutált a népnek. A parancsnokuk az emberek elé állt lovával, majd így szólt:

– Jó reggelt minden kíváncsi tekintetű hívünknek! Ez a nap különleges a mi életünkben! – mondta széles mosollyal a száján, mint ha csak övé lenne minden figyelem a világon. Bár ez a nézők részéről így is volt. – Mint tudják, a földünket hosszú idők óta szennyezi a boszorkányok és az eretnekek tevékenysége. Tetteik átokkal sújtanak bennünket és lehúznak, mindent megtesznek annak érdekében, hogy gonosz erőkre tegyenek szert! Nem engedhetünk ennek! Ők talán azt hiszik, felülkerekedhetnek rajtunk, mi azonban lesújtunk! – majd elővette kardját és a ketrec felé szegezte. – Ebben a kalitkában az található, ki veszélyt jelentett a szomszédos Foxhaven falvára. A lakosok félelemben éltek és rettegésben. Mégis, egy bátor civil segítsége, és katonáink önfeláldozó odaadása segített kézre keríteni a bűnözőt. A lakosság végre nyugodtan hajthatja álomra a fejét! – a parancsnok mondanivalója végére ért, a nép éljenzett, tapsolt és nevetett.

Ace ezt nem bírta tovább nézni. Sose látott még valakit ilyen módon szenvedni, tenni akart valamit, ám a félelem eluralkodott rajta. Lábai nehezek voltak, belül fájdalmat érzett. Nem értette, mi ez az érzés, olyan volt, mintha valami belülről marta volna, akár egy tövis, ami a mellkasában nőtt és egyre jobban szétterjed a testében. Nem bírta tovább, elfutott a térről, egyenesen a műhely felé.

– Mi volt ez?! Mi ez az érzés?! Miért fáj ennyire a szívem?! Nem bírom tovább! Legyen már elég végre! Elég! – Ace fejében valóságos vihar alakult ki.

Zavarodottság és félelem, ezek az érzelmek szaladtak keresztül Ace-en. A műhelyhez érve látta: mestere még nem érkezett meg. Ezt az időt arra használta, hogy lenyugodhasson. Lekuporodott a bejárat elé, próbálta lenyugtatni magát. Azon agyalt, vajon mi lehetett ez az egész a téren. Miért látott egy szinte félholt, a végtelenségig lesoványodott nőt a ketrecben, akinek inkább sajnálkozó, mintsem félelemmel teli arckifejezése volt. Ahhoz

hasonlítanám, mint amikor az embert már nem érdekli, mi fog történni vele. Mintha ő maga keresztülment volna mindenen az életben és ráébredt, hogy a világa, amiben élt, az maga a pokol. Az utóbbi érzések elindították a fiúban a háromszázéves háború történelmének emlékeit. Sötét folt volt ez az emberiség történelmében. Egy olyan korszak, mely három emberöltőn és számos generáción át dúlt. Egy olyan éra, amely nem kegyelmezett sem Aeren-nek, sem Eclain-nek. Már az sem világos, ki robbantotta ki, vagy ontotta ki az első vért. A háború nem válogatott, kinek, hány embernek vette el az életét. Szinte nincs is olyan család, mely épen megúszta volna. A férfiak sorra estek el a csatamezőkön, a feleségeik nagy része kénytelen volt illegális úton élelmet szerezni. Azoknak volt a legrosszabb, akik éhen haltak, a gyermekeik földönfutó nincstelenekké, tolvajokká, vagy áldozatokká váltak. Ebben az időben a háború holtjait nem gyakorta temették, nem mindig volt rá idő. Ezen elhagyott csatamezők látványa valóságos terrorként sújtott le a krónikásokra és más arra tévedőkre. Mindenhol halottak, leégett és lepusztult mezők, varjak egész hada az égen. Csak az értheti meg igazán a háború gonoszságát, aki látta, amit a túlélők láttak. Ebben a háborúban vett részt Ace apja, Theodorus is. Ő maga abban a csatában harcolt, amely végre valahára véget vetett ennek a kornak.

Tizenöt évvel ezelőtt történt, hogy a háromszáz éve tartó háború egy mindent eldöntő, végső csatával végződött. A történelemkönyvek és krónikások csak úgy emlékeznek vissza rá, mint a *végső összecsapás*. Huszonötezer katona vett részt benne mindkét oldalon, az Aeren és Eclain határán fekvő Héja-völgyben. Öt napon keresztül zajlott a csata, mígnem szinte mindenki odaveszett a harcosok közül. Végül az ötödik nap végén az utolsó harmincnégy lovag nem volt hajlandó tovább harcolni. Ők voltak azok, kik fellázadtak haduraik ellen és együtt véget vetettek az öt napja tartó, háromszáz éves őrületnek. A hadsereg vezéreit maguk végezték ki, majd saját zászlóikat a tűzbe dobták, ezzel kifejezve haragjukat, hogy olyanok ellen küzdenek, akiket nem is ismernek. Puszta parancskövetésből. A harmincnégy lovagnak szobrot emeltek mindkét országban, ők lettek a háború legfőbb hősei: azok, akikre büszkén emlékeznek az emberek. Sajnálatos módon a fiú édesapja nem volt a harmincnégy között. Sose találták meg, sem holtan, sem élve. Azon gondolkozott, vajon hol lehet. És ha él, akkor jól van-e.

Teltek a percek, majd egy óra is. Azonban a mester sehol. Ace kezdett aggódni miatta, hisz ő nem egy olyan ember volt, aki késik. Ő volt Vincent, a bútor műhely tulajdonosa és Ace második apja a fiú szemében. Kisvártatva ő is megjelent az utcasarkon egy jókora képkerettel a kezében.

– Vincent! – kiáltott oda neki, integetve. A faragó felnézett, majd ő is köszönt.

– Szervusz, fiam! Gyere gyorsan segíteni ezzel a kerettel! – szólt oda neki mérgesen.

Ace gyorsan odaszaladt, észrevette Vincent tekintetét, majd óvatosan megkérdezte:

– Mi történt, Vincent? Haragosnak látszol. – kérdezte nyugtalanul.

– Ne is mond, tudom. Ne haragudj rám! Ez a nap most ellenem van. – mondta szomorkodva. – Reggel, ahogy jöttem idefele, megcsúsztam egy pocsolyában. Szerencsére a keretnek nem lett baja. Aztán átöltözem otthon, a következő eset pedig egy csendőr volt. Az a bolond azt hitte az új kalapácsnyelemre, hogy varázspálca.

Ace elnevette magát. Vincent is kissé elvigyorodott ezen. Bár kicsit nyugtalanító volt utólag belegondolni.

– Annak a szerencsétlennek egy kisebb beszédet kellett tartanom. Vak bolond. –jegyezte meg. – Végül meg úsztam annyival, hogy ő elkobozta. Ebből kiindulva remélem elhoztad a sajátodat!

– Persze! – mondta aggódva a fiú.

– Nocsak, ez új. Mi a baj? Bármi is az, inkább bent beszéljük meg, ne itt! – Vincent észrevette a fiú tekintetét. Bár nem mondhatja, hogy nem ismerte ezelőtt is Ace korántsem örömteli hangulatait.

Azon a napon Ace elmondta a mesterének, minek volt szemtanúja reggel a főtéren. Döbbenten hallgatta végig Ace mondanivalóját, ugyanis ilyenre nem igen került sor évtizedek óta.

13

Vincent maga sem látott ilyesmit még. Úgy tűnik, a Basiliscus Rend ismét visszatért embertelen szokásaihoz. A civileknek pedig nincs hatalmuk befolyásolni őket. A rend valójában egy vallás volt, sokszázéves múlttal. Papok és lovagok csoportja. A nap végén furcsán nagy csend volt az utcákon. Vincent és Ace észrevették, hogy senki sincs az utcákon. Elköszöntek egymástól és ők is megindultak hazafelé.

Ahogy Ace hazafelé tartott, igyekezte tompítani léptei zaját, de ez nehéz próbálkozás egy köves talajon. Út közben észrevett egy embert az úton. Egy öreg néni volt az, látszólag ő is sietett.

– Jó estét! – köszönt óvatosan. – Mondja, mi történik? Miért nincs sehol egy lélek?

– Menjen haza, fiatalúr! Siessen! Elkapják, ha itt kóricál ilyenkor. – felelte aggódva, azzal el is ment a másik irányba.

Ace agyán végigfutottak az események, amiknek a szemtanúja volt aznap. A felvonulás, a nő a ketrecben, az egész egy éktelen zajt keltett az elméjében, mely nem akart lenyugodni. Ugyanazt érezte, mint egész gyermekkorában. Az igazságérzete, amely sosem aludt. Az utcán mindenhol zárt ablakok, sehol sem szűrődött ki fény. Néma volt minden. Egyszerre megnyugtató és ijesztő. Ace szinte a saját szívverését is hallotta ebben a néma és sötét világban. Szerencsére így is maradt minden. A fiú sikeresen hazaért, otthonában az első dolog, ami fogadta, az édesanyja aggódó hangja volt. Szégyellte is kissé magát, de az üggyel nem tudott mit kezdeni. Az anyja és a nagyapja is ugyanazokat mondták el neki, amit egész életében hallott tőlük, hogy ő nem kerülhet bajba. Már a vacsora sem volt olyan, mint régen. Mindenki egymást fürkészte, különösen Ace, aki valahányszor magyarázatot követelt élete furcsa eseményeire, soha nem mondtak el neki semmit. Amikor felfelé ment a szobájába, nagyapja, Marcus magához hívta.

14

2. fejezet

Szövetség

– Ace, gyere velem légy szíves! Beszélnünk kell. – szólt halkan a nagyapja.

A fiú követte őt. A pincébe indultak, nagyapja mécsest gyújtott. A pince ajtaját bezárta maga mögött, majd megvárta, míg az unokája is helyet foglal. Ace nem értette, mire ez az óvatosság. Nagyapja egy ideig csak bámult maga elé szomorú és sajnálkozó tekintettel, mint aki tudja, hogy meg fog bántani valakit. Kisvártatva megszólalt.

– Amiről most fogok beszélni neked, megváltoztatja az életed. Kérlek, készülj fel rá! – mondta. – Ajjaj, annyiszor átgondoltam már, hogy is mondjam ezt el, most még is itt ülök, szótlanul. Tudod, ezt a beszélgetést az édesapáddal akartam végrehajtani, de amint látod, az élet cudarul nem engedte. A világért sem akartalak ezzel veszélynek kitenni. – mesélte bocsánatkérő hangon. – Nem lesz egyszerű, de meg kell próbálnod megérteni, hisz nincs más, aki alkalmas lenne arra, hogy elmondjam neki.

Ace nem értette, miről van szó. Egy ideig azt hitte, apjáról, Theodorus-ról lesz szó, azonban ez még azt a képzeletét is felülmúlta.

– Na jó, essünk túl rajta. – mondta nagyapja, összeszedve gondolatait. – Egy történetet fogok elmesélni neked a családunkról. Egy szomorú múltat. Százhatvan évvel ezelőtt történt. Éppen ezen a napon. Egy nemes professzor, akit Cornelius Corvinus-nak hívtak, meglátogatta családja. Egy kastélyban élt, messze az Aeren Királyságban elterülő Farasil-erdőben. Egy hatalmas erdő, mely olyan nagy, hogy akár több hétbe is telhet, mire átutazzák hosszában. Kellemes a társaság, rég látták egymást. Az estét azonban megzavarják a Basiliscus Rend lovagjai. – ahogy ezt elmondta, Ace-nek összeszorult a gyomra. – Igen, azok voltak.

15

Ahhoz, hogy megértsd, mit kerestek ott, először Cornelius-ról kell mesélnem. Ő nem akármilyen ember volt. Rájött világunk titkaira, megtudta, hogy a varázslás igenis lehetséges. Kutatta és tanulmányozta környezetünket, minden kis apró lehetőséget megvizsgált. Felfedezett egy teljesen más világot, megismerte a tündérek országát. Mindezt lejegyezte egy könyvbe. Nem tudom, hogyan találtak rá, de valahogyan rájöttek arra, hogy mágiával foglalkozott és rajtaütöttek. Szerencsére a családja el tudott menekülni, azonban ő ott maradt. A rend nem találta meg a könyvet, Cornelius elrejtette valahol a kastélyban. Ezek után százhatvan éves homály borult a családra, az utódok tovább adták a történetet egymásnak, miközben lepel alatt éltek egész életükben.

– Nem értem. Mi köze lenne ennek hozzánk? – kérdezte zavartan Ace, mire nagyapja nem szólalt meg, csak nézett a szemébe, mintha azt mondaná: *erre a válaszra te magad is rá tudsz jönni.* Ace ijedten reagált erre. – Nem, az nem lehet...

– A te neved Ace Corvinus. – mondta Marcus olyan komolysággal, ahogyan csak lehetett.

A következő percekben egyik se szólt a másikhoz. Ace számára felfoghatatlan volt az eset. Az az Ace, aki egy napja még csak egy egyszerű városi gyerek volt, most pedig egy egészen más múltról mesélnek neki. Kastélyról, egy professzor felmenőről, varázslásról, egy titkos könyvről. A történet azonban még nem volt kész teljesen. Cornelius hátrahagyott egy levelet, melyet a Corvinus-család évszázadokon át őrzött és továbbadott leszármazottainak. Egy levél, amely tartalma ismeretlen volt mindegyik családtag számára. Cornelius kötötte a lelkükre, hogy csak az nyissa ki és olvassa el, aki elmegy a könyvért és őrizni fogja. Az, akiben elég elhatározottság és kitartás rejlik. Ő lesz a könyv örököse, a védelmezője, és aki akár az egész világot magára haragítja, hogy a tudás ne kerüljön olyanok kezébe, akik saját zsarnoki kívánságaik beteljesítésére használnák.

Ez a levél azonban ma este kinyílik. Nem halogathatják tovább. Túl sok idő telt el azóta, hogy Cornelius az életét adta, hogy megvédje a tündérek országát az emberektől. Minden egyes évvel, innentől minden nappal és perccel nagyobb lesz a veszély, hogy valami olyan fog történni, aminek senki sem fog örülni, hacsak nem a könyv tudásának használója.

Marcus átadja a levelet Ace-nek a levelet, melyen a kor valamilyen oknál fogva egyáltalán nem volt észrevehető.

Kedves utódom!

Ezt a levelet azért írom neked, hogy felkészítselek utadon! Tudom, zavaros ez az egész, de muszáj erősnek lenned. Azt kívánom, bár csak sose kellene megírnom ezeket a sorokat! Óvatlan voltam, tetteimnek máris a következő generáció látja kárát, nekik kell megvédeni azt, amit én egész életemben akartam, és elbuktam. Arra kérlek, sőt könyörgöm neked, ne ess abba a hibába, amibe én! Találd meg a könyvemet kastélyomban, őrizd meg és használd arra, hogy megvédd a tündéreket és azokat is, akik fontosak számodra! Nem leszel teljesen védtelen utadon, van számodra egy ajándékom, ami segíteni fog neked küldetésed teljesítésében. Ahogy ezeket a szavakat olvasod, elfogadod ajándékom és a feladatomat számodra. Nem tudom, mennyi idő telhetett el, mire ezt a levelet olvasod. Talán csak pár év, de lehet, hogy akár egy évszázad is. Búcsúzom tőled, boszorkányvadászok dörömbölnek ajtómon, én pedig nem menekülhetek. Vállalom tudásvágyam következményeit, életem ezen az estén véget ér. Számítok arra, hogy bölcsen jársz el a könyv tudásával! Sok szerencsét kívánok neked!

Cornelius Corvinus

Amint Ace elolvasta a levelet, rosszul lett. Ezúttal nem a félelemtől. Szédelgett, rosszul érezte magát, míg nem elvesztette eszméletét és leesett székéről. Úgy érezte, mintha álmodna, ez az álom azonban nagyon valóságosnak tűnt. Ahogy a sötétségben tapogatózott, hirtelen felvillant szeme előtt egy erős fény. Egy gömbre emlékeztette, nem tudta, mekkora lehetett, de nagyon kíváncsi volt rá. Elkezdett sétálni felé lassan, óvatosan. Ahogy közeledett felé, az egyre kisebb és kisebb lett. Egyszer csak valami megtörte a csendet. Egy hang volt az. Ace nem tudta felismerni, kié lehetett, de szavai olyan hatást keltettek, mintha valami hatalmas és méltóságteljes lény enne a hang gazdája. Végtelenül nyugodt és önbizalomteljes volt, mintha csak többezer éves tapasztalat állna mögötte.

– Nocsak, nocsak! Ő lenne az új? – szólt a hang, amit mintha nem is a fülével, hanem a lelkével hallott volna. – Kíváncsi a kis zöldfülű. – jegyezte meg halk kuncogással.

Ace közeledett a fénylő gömb felé. Teste nehéznek tűnt, nagyon nehéznek. Akár a vándoré, ki egy hatalmas zsákot cipel a hátán. A fény mögött, alig észrevehetően, egy szempár látszott. Hasított pupillái voltak, akár egy macskáé, a szem többi része piros, mint a rubin. Nem tudni, hogy Ace-re nézett, vagy az az előtte lévő fényre. Olyan volt, mintha egyszerre nézné mindkettőt.

– Ígéretes lelke van. Lássuk. – Ahogy ezeket a szavakat mondta a rejtélyes hang, Ace úgy érezte, mintha a lelkét tapogatnák és nézegetnék, mintha egy vizsgálaton lenne.

A hang sokáig nem szólt ezután, a fiú pedig lassan elérte a fény helyét, ami immár olyan apró volt, hogy a kezébe is vehette volna. Ellenben a szempárral, mely minden lépéssel világosabb lett. Mikor odaért a gömbhöz, a hang újra megszólalt, még az utóbbitól is nagyobb magabiztossággal.

– Nem csalódtam, Cornelius. Na jó, legyen. Nem bánom! – azzal a sötétséget, ami olyan erős volt, hogy Ace a saját kezét se látta, most egy másik, a gömbtől is erősebb fény törte meg. Tűz, amely szétterült a szempár mögött és kirajzolta annak sziluettjét. A fiú csak a szemeit látta, az egész teste sötét maradt a mögötte lévő tűz fényétől. Ace szinte azonnal hátraugrott az ijedtségtől és elesett.

– Fogadd hát el szeretettel szövetségemet, mit neked ajánlok! – Azzal kinyújtotta felé alig látható kezét.

Ace szinte tudta, hogy nincs más lehetősége, megfogta kezét, mire az felhúzta és talpra állította. A tapintása nem evilági volt.

A tűz, a szemek és a gömb is egyre homályosabbak lettek. Ace

úgy érezte, mintha teste elemelkedne a talajtól és egyre távolodna a sötétségből. Marcus hangját vélte hallani. Újra magához tért a pincében, úgy tűnt, elaludt. A nagyapja értetlenül nézte unokáját, nem értette, mi történt vele.

– Meddig voltam így? – kérdezte hirtelen Ace, még mindig furán érezte magát.

– Talán egy pár percig. – felelte nagyapja. – Történt valami veled? Falfehér vagy.

– Én…Fogalmam sincs.

– Megértem. Ne mondd el, mit olvastál a levélben. A biztonság kedvéért. – mondta Marcus aggódó tekintettel.

Kis idő múlva Ace szembesült a ténnyel. Ő lesz az, akire a feladatot bízzák. Nem tudta, ki volt az, akit az álmában látott; olyan volt, mintha egy természetfeletti lény szólt volna hozzá. Most már biztossággal érezte, ez már nem az a világ, amit ismert. Az a világ már eltávozott, mikor ma reggel felkelt. Ez valami más. Valami egészen más. Amik ma történtek vele, azok teljesen új esetek voltak. Új légkör, más történések. Új érzelmek. Mint a madár, aki egész életét egy kalitkában töltötte, és most kirepül megszemlélni a világot. Lehet, hogy mindig is ilyen volt, csak eddig nem vette észre. Talán csak most kezdi megérteni, hogyan is működik a világ, amiben ő él. Tizenhét éves volt, mégis úgy érezte, mintha újjászületett volna. Az is lehet, hogy maga is egész végig ilyen ember volt. Talán most kezdi csak igazán megismerni önmagát? Bárhogy is legyen, nem vonulhat vissza feladata elől, ezt ő maga is sejtette.

– Szóval, ez a helyzet, igaz? – kérdezte búslakodva, mint aki világa összes terhét egyszerre vette a vállára.

– Eredetileg a fiamra bíztam volna. – szólt nagyapja. Szemében könnyek gyűltek. – Az édesapádra akartam bízni ezt a feladatot, nem akartam tönkretenni vele az életed! – immár nagyapja nem bírta tovább tartani nyugalmát, elérzékenyült. – Tizenöt évvel ezelőtt el akartam neki mondani, de a végső összecsapásról nem tudhattam. Engem pedig ez a fránya lábam még csak el se vinne a kastélyig, nemhogy szembeszálljak az

20

esetleges veszélyekkel. – nagyapja egyszer megsérült, miközben vaddisznóra vadászott. Leesett egy szikláról és eltörte a lábát, mely azóta sem a régi.

– Sosem jártam még a városon kívül. – mondta magában. – Mégis milyen messze lehet az?

– Talán három-négynapi út, lóháton. – felelte nagyapja, kissé bizonytalanul. – Bárhogy is, kerítünk neked egyet. Sőt, szükséged lesz melegebb ruhákra, Aeren északabbra fekszik. Aztán egy térkép, iránytű, na meg az Aeren-i latinod. Igen, ezért tanítottam neked annyit kiskorodban.

– Édesanyám tud erről? – kérdezte a fiú, mintha csak kibúvót keresne.

– Igen, fiam, tud. Ami azt illeti, már évek óta elhatároztam, hogy egyszer elmondom neked. De azt hiszem, ez a legjobb alkalom rá. Farasil erdeje hatalmas. Azt hiszem, talán másfélmillió hektár. De szerencsére maga a kastély közel van az erdő széléhez. Emiatt érdemes Dél felől megközelíteni, egy falu is van mellette. Nem emlékszem a nevére. Minél előbb útnak kell indulnod! Lehet, hogy nem fogunk találkozni többé. Meg kell barátkoznod ezzel az eshetőséggel.

Ace azon gondolkozott, vajon mi lehet az a bizonyos ajándék, amiről Cornelius írt levelében és ki volt az az alak, akivel találkozott, míg eszméletlen volt. Aznap az agya azon zakatolt, hogy mi lesz vele útja során.

Ma éjjel egy élet változik meg. Talán többekké is. Verseny a rend ellen, küzdelem a zsarnokságra való törekvés ellen. Az ilyen küzdelmek mindig sok áldozattal és lemondással járnak. Talán emiatt is, de aki ezt a versenyt megnyeri, az nem egy hős lesz.

3. fejezet

Látogató egy másik világból

Százhatvan évvel a tragédia után, a Farasil-erdő igencsak elvadult. Már nincs derék ember, ki vigyázza. A fák elsokasodtak, az eget szinte eltakarva attól, amit őriznek. Hol régen félhomály volt, most teljes sötétség borul fölé. Kintről medvék és más, hatalmas élőlények lelnek itt új otthonra. Az agancsos állatok királya a jávorszarvas, féltve koronáját és életét, szintén ide menekült az ember elől. Szerencsére az erdő tágas és biztonságos. A vadászok veszélyesnek, a babonások pedig elátkozott helynek tartják. Ezen erdő mélyén a kastély tornyai továbbra is az ég felé törnek, melyek immár százhatvan éve őrzik falaikon belül Cornelius titkát, és a Corvinus-család szomorú emlékét.

Még ezen formájában is lenyűgözően szép a táj. Ha tudnának róla, a művészek akár az egész világot bejárnák, hogy megörökítsék egy festmény formájában. Nem vitás, az erdő szinte minden szeglete egy látványosság. A sziklák, amelyek nemcsak megtörik a monoton fatengert, hanem fedelet emelnek más állatoknak, olyanoknak, mint rókacsaládok, sündisznók, szarvasok. A tavak, és azok közt is a legnagyobb partján állatok isznak és paták vágtáznak. Éjjelente a Háromholdak fénye ugyanúgy világítja meg Farasil erdejét, mint azelőtt.

– Nyugalom, madárkáim! Ne tolongjatok, mindenkinek jut. – mondta Violet, aki kezéből etette a kis szárnyas zenészeket.

Ő Violet, az erdő tündére és egyben legszebb lakója. Már hosszú ideje szíve ügyének tartja, hogy az itteni állatokat oltalmazza. Nem a mi világunkból származik, az ő otthona olyan messze van a miénktől, hogy azt nincs emberfia, aki el tudná képzelni. Országa a tündérek otthona, egy csodálatra méltó föld. A tündérek szinte a megszólalásig hasonlítanak miránk, eltekintve szemeik csodálatos színétől és különleges öltözetüktől. Különös nép az övé, meglehetősen elzártan élnek, mindentől távol. Meg nem értett lények, csupán maroknyi ember láthatta eddig őket. Mondhatni, nem is ismerik őket igazán a mi világunkban. A kastély azóta sem lakatlan, hogy ideérkezett. Ideális otthon egy ilyen nemes teremtmény számára, bár a végeláthatatlan erdőben nem igen akad más lehetőség. Nála bármilyen állat otthonra lelhet, ezáltal minden állat gazdájaként tekint rá. Mint minden társa, Violet is birtokolja a Septagram, vagyis a Tündérek Csillagának erejét, amely egy igazán különleges ajándékkal látta el születésekor. A Természet Szövetségével, mellyel akár a legádázabb vad megszelídítése is gyerekjáték neki. Részben Violet-nek köszönhető, hogy az itteni élet jobban virágzik, mint bárhol máshol. Az ő munkájának gyümölcse, hogy az erdő egy egészen egyedi életközösséggel rendelkezik. Mikor elsétál az állatok előtt, ők köszöntik őt, mint gazdájukat, és mint védelmezőjüket. Természetesen ő sem hagyhatja ezt a kedves gesztust egy simogatás nélkül.

Valójában ők, az erdő élőlényei Violet boldogságának utolsó maradéka, amiért ő kitart. A lány a születésétől fogva egy olyan közösségben élt, ahol mindenki törődő és barátságos volt. Együtt a tündérek egy olyan, megrendíthetetlen erkölcsű, empatikus és összetartó népet alkotnak, amiről mi legfeljebb csak álmodhatunk. Violet odahaza minden nap egy baráti társasággal fedezte fel országa gyönyörű rétjeit, erdeit, tengereit és hegyvidékeit. Találkozhattak erős és bölcs varázslókkal, akik mindig tudtak valami értékeset tanítani nekik. E világ bizony minden fáradtságos munkát megér. Barátaival láthatta, mire képes a Tündérek Csillaga, népének legnagyobb kincse. Most mindez a rengeteg jó, ami ott érte őt, csak homályos emlékként él tovább Violet emlékezetében. Egy olyan világba csöppent, ahol minden máshogyan működik. Más a levegő, mások az élőlények, ha felnéz az éjszakai égboltra, nem találja kedvenc csillagképeit. Otthon olyan tárgyakat volt képes reptetni, amelyek jóval nehezebbek voltak nála, itt viszont még a saját súlyát is nehezen bírja felkapni. Ami azonban a legjobban hiányzik számára, nem a környezet, vagy az ereje, hanem a közösség, amiben felnőtt. Itt senki sincs, csak a fák, az állatok, és ő maga. Ezen a földön olyan érzelmek érik minden egyes nap, amelyek lassan kezdik felemészteni őt. Hiányoznak neki azok a napok, amikor sosem búslakodott, mert mindig ott számára szerető szülőföldje, és annak népe. Mostanra ezeket felváltotta a szorongás és a magány lélekmardosó természete, mely nem hagy más választást, minthogy ne hagyja el az erdő sötétjének biztonságát. Az emberekkel sose találkozik. Violet nem meri elhagyni a rengeteget, az emberek pedig bemenni félnek. Bár oly sok mindenben különbözik az ember a tündérektől, egy valamiben mégis osztozunk. Mindketten félünk attól, amit nem ismerünk. Azonban mégis különbséget tesz az a tény, hogy az emberek félelmei Violet-ével ellentétben valótlanok.

Violet éppen egy tisztáson sétált magában. Egy méretes agancspár tűnt fel a bokrok fölött. Olyanok, akár egy óriási kéz. Kisvártatva elő is jött a fák közül tulajdonosa. Hosszú orrával és lószerű testével a jávorszarvas az egyik új lakó, aki Északról költözött az erdőbe. Különleges példány, Violet legkedveltebb állata, nagy hasznát látja, mikor messzire kell utaznia az erdőben. Bizony, Violet úgy lovagol a jávorszarvason, akár az ember a lovakon. Mindig felvidítja a lányt, ha szomorú napja van. Sajnos ez mostanában egyre gyakoribb.

– Szia, Celes! Hogy van az én… – Kinyújtotta karját, hogy megsimogassa, de a következő pillanatban Violet érezte, hogy valami meleg landolt kezén. Nem hitt a szemének. Vér volt az. Annyira megrémült, hogy még saját szíve dobbanását is tisztán hallotta. Felnézett az égre. Egy sas éppen felette körözött, majd egy kis idő múlva lassan Violet karjaiba zuhant. Az óriási teremtmény testéből egy pálca állt ki, végére tollak voltak erősítve. A tündér igyekezett leküzdeni ijedtségét, majd próbált segíteni sérültjén. Az idő egyre csak telt. A sas légzése lassult. Szemeivel hálásan nézett fel Violet-re.

– Segítek! Nézz rám, maradj velem! – mondta a tündér miközben próbálta használni azt a kevés gyógyítással kapcsolatos tudását, ami volt.

Teltek a percek, a remény pedig velük múlott. Akármivel is próbálkozott a lány, a vérzés elállításán kívül semmit sem

24

tudott tenni. Be kellett látnia: ez nem az ő területe. A madár túl sok vért vesztett ahhoz, hogy menthető legyen. Kénytelen volt egyetlen módszeréhez folyamodni, amivel megszabadíthatja szenvedésétől a sast. Elvonta tőle megmaradt életerejét, amivel egy végső kegyelemként átsegítette. Az életenergia olyan, akár a vér. Kering a testben. Violet azzal, hogy elvonta tőle azt a keveset, ami megmaradt az állatnak, ugyan végzett vele, de a körülmények miatt ez volt minden, amit tehetett. Violet csak nézett maga elé bánatos tekintettel, nem értette az esetet. Újból megtörtént az, ami már sokszor megismételte magát a tündér előtt. Menekülő erdei állatok, sebekkel, egy fura kiálló pálcával a testükben. Számtalanszor tette már fel a kérdést, mi tehette ezt velük.

Miért? Hogyan? Ezek a kérdések futottak végig Violet agyán, mikor újra és újra szembe kellett néznie velük. Azok a nyílveszszők, mintha nemcsak az állatokat, de velük együtt Violet szívét is eltalálták volna. Ezek a szörnyű esetek mindig emlékeztették őt arra, hogy a külvilág veszélyes. Kegyetlen. Ez a mai is csak megerősítette őt abban, hogy neki nincs helye a rengetegen túl. Főleg nem egy olyannak, mint ő. Talán az első pár napja az emberek földjén még kalandosnak indult, de ahogy ez már régen szertefoszlott. Esténként az álmok birodalma számára rémséges és ijesztő. Az éjszakák gyakorta álmatlanok és gyötrelmesek. A nappalok szürkék és komorak. Mint a tűz, ami egyre jobban kialszik.

A külvilágról csak könyvekből tudhatott a lány, bár az írásból mit sem értett, mégis magával ragadónak találta a képeket bennük, melyeket tündérmesékben talált. Sosem értette meg: ha ilyen szépek az emberek történetei, akkor neki miért ennyire szomorú az itteni élete? Be kellett látnia: egyedül van egy olyan világban, ahova ő nem tartozik. Teljesen más dolgok érik itt, egyik se hasonlít ahhoz, amit hazájában élt át. Mindezek mellé hozzácsatolódik az is, hogy a tündér nem tudja, hogyan került ide, ezáltal a visszaút is ismeretlen. Fogalmazhatnánk úgy is, hogy csapdába esett egy olyan világban, ahová nem tartozik.

4. fejezet

Titkolózó kísérő

Ace-re ismét lesúlytott szörnyen gyűlölt rémálmainak egyike. Jól ismerte ezt a jelenetet, hiszen ez volt az egyik, ha nem a legszörnyűbb számára. Egy katonáról szólt, aki még csak alig tizenhat éves, de máris gyalog a király hatalmas sakktábláján. Kivezényelték társaival, hogy megharcolják a háromszázéves háború valószínűleg legutolsó csatáját. Az akkor még naiv és hozzá a hasonló, fiatal fiúk izgalommal várták, mi fog következni, tulajdonképpen egyikük sem tudhatta, hogy a legtöbbjüknek jó, ha egyáltalán a testét vissza tudják vinni a családjának. Az először vidáman menetelő katonák énekét hamar félbeszakítja az ágyúgolyók iszonyatos hangja, amely azonnal végez azokkal, akiket eltalált a sorban. Az ütközet ezzel a csapással elkezdődik és pillanatok alatt kietlen pusztaságot csinál az azelőtt füves, virágokkal tarkított völgyből. Nem tudni, kiknek volt nagyobb szerencséje. Azoknak, akik már az elején meghaltak, vagy akik ugyan túlélték, de a borzalmas emlékek örökké elkísérik őket hátralévő életükben.

Ace minden egyes alkalommal egy fiatal katona nézetét látja, aki nem tudja, mitévő lehetne. Elhunyt bajtársai előtt térdel a véráztatta talajon. Ő a karjai közt tartja őket, körülöttük ágyúk lövedékei csapódnak a földbe, az eget nyilak zápora szakítja át. A körülöttük fekvő katonák félholtan fetrengve kiáltoznak édesanyjukért. A felcserek, akik saját épségüket sem kímélve próbálják menteni a menthetőt, sérült társaikat reménytelenül próbálják szavakkal nyugtatni. A fullasztó porfelhő, amit ágyuk dörrenése keltett, a katonák már nem is látják, hol van a barát, és hol van az ellenség. Félelem és kétségbeesés, e kettő együttes hatása hosszútávon még a legjobb emberből is őrültet csinál. Akárcsak az a szegény gyalogos, aki reményekkel teli arccal indult a csatába, de most már ő is csak áldozata két nemzet szörnyű nézeteltéréseinek.

Ugyanúgy, mint barátai, kik holtan hevernek előtte, ahogyan ő azon gondolkozik, vajon haláluk elkerülhető lett volna-e, vagy hogy nem volt-e hiábavaló. De mindezek már nem számítanak, körülötte társai kiáltása, könyörgései elhalványulnak, már nem is hallja őket többé. Tudta, hogy innen nincs kiút. Ő lesz a következő, ki alászáll a végső ismeretlenbe, hogy találkozzon barátaival. Ace zihálva ébredt fel lova mellett, leverte a víz. Még a paripája is megijedt tőle, a fiú jobb híján lova oldalán aludt. Kapkodta a levegőt rémálma után. Szerencsére a felkelő nap sugarai és a patás közelsége megnyugtatóan hatottak rá.

Harmadik napja, hogy Ace elhagyta szülővárosát és útnak indult a kastély felé. Útja során számos falu mellett vágtatott el, és mindenféle emberekkel találkozott, amelyek mind hozzájárultak ahhoz, hogy Ace kibővítse tudását embertársairól. Jó hasznát is veszi, hisz ő egész idáig csak a szülővárosát ismerte, ahol szinte mindenkit ismert. Nem volt olyan nagy városka, három-négyezer fős lakossággal rendelkezett. Akkoriban ez nagyvárosnak számított. A kisebb falvak körülötte szabályosan olyanok voltak, mint a nagy családok.

Ace távozása nem keltett nagy visszhangot, szerencséjére. Lovával, Baron-nel járja a félreeső utakat, melyeken meglehetősen kevés a járókelő. Hamar összebarátkozott új barátjával, mondhatni egész jó tehetsége van a fiúnak a lovakhoz. Éjszakánként azonban félre kell vonulnia, be a sötétségbe, fák közé, hidak alá és bárhová, ami elég rejtett. Nem egy kellemes utazás, de legalább láthat egy pár új dolgot Ace, útja során. Esténként gyakran eltűnődik azon, ki lehetett az alak, akivel Cornelius utolsó levele elolvasása után találkozott. Mi lehetett az a bizonyos ajándék, amiről a levélben szó volt? Miért gyötrik mostanában furcsa álmok? Sok-sok gondolat, melyek sokáig fenntartották este, miközben a csillagos eget bámulta. Mindazonáltal nem is ezek a legfurcsább dolgok, amelyek történnek vele, hanem egy bizonyos beszélgetőpartner, akit még sose látott, a hangját sem ismeri fel. Egy különös hang, aminek a gazdája mintha folyamatosan követné. Mi tagadás, különös dolgok ezek az emberi elmének.

– Ace, itt vagy? Ne aludj el. – szólt egy hang a maga humoros stílusában.

– Örömmel jelentem, itt vagyok. Hálás lennék, ha bemutatkoznál végre, ki is vagy. *–* tudniillik a lény olyan, akár a kisgyerek, akit nem lehet levakarni. Ennek ellenére Ace örült, hogy legalább van valaki, akivel beszélgethet néha. Érdekes volt, a hangot nem a fülénél hallja, hanem olyan, mintha a lelkéhez beszélne. Pont, mint azon az estén, abban a sötét világban. Felettébb bizarr érzés lehet, mikor fogalmad sincs, honnan hallod a hangot, de tisztán érted minden szavát.

– Mint már mondtam, én vagyok az, aki elkísér téged utadon, akár a kismanó a válladon. Látom, amit látsz, hallom, amit te hallasz. És ha ez megnyugtat, azt is látom, amit az állatok látnak. – felelte a hang tulajdonosa kissé titkolózóan.

– Legalább téged hallani. – mondta a fiú sóhajtozva. – Megöl a kíváncsiság, mit találok azon a helyen. Csak nehogy a rend ott legyen.

– Ó, az nincs ott. – szólalt meg ismét a hang. *– Mivel olyan kedves vagyok, megnéztem neked előre. Szívesen!*

– Na, de mégis hogyan... Nem érdekes, eszembe jutott.

– Így van. És én a te helyedben még le is fordulnék az útról. Nem kell, hogy a sok babonás bolond azt higgye, rosszban sántikálsz. – intette óvatosságra.

Kisvártatva megpillantották a hatalmas fenyvest, Farasil erdejét. Méltóságos és tisztelet parancsoló, akárcsak fénykorában, mikor még a gróf uralta és vadászok vigyázták az élővilágát.

Ace az erdőbe lépve kissé nyugtalanul érezte magát. Valahogy zavaróan csendes és nyugodt volt a levegő, szélcsend.

– Biztos, hogy jó úton haladok? – kérdezte Ace, aki egyre jobban érezte a bezártságot, amelyet a felé magasodó fáknak köszönhetett.

– Csend legyen! – szólt közbe a hang hirtelen. *– Ez egy legalább másfélmillió hektáros fenyőrengeteg, ahogy a nagyapád is mondta. A fene se tudja, mégis mi vár rád kicsivel odébb.*

Ezzel a felszólítással Ace egész végig csendben, sunnyogva haladt az erdőben. Csak a hang utasítására váltogatta néha az irányt, próbálta megjegyezni a kifelé vezető utat. Kis idő múlva már elvesztette a fonalat és csak sötétséget látott minden irányban. Eléggé nyugtalanító érzés egy ilyen helyen, egyedül. Félelmetes volt a csend. A fiú szíve egyre erősebben vert, folyton maga mögé nézett. A csend mértéke olyan nagy volt, hogy a legkisebb nyikkanás is tökéletesen hallatszott a fák közül.

– Mi van akkor, ha medvével találkozok? – kérdezte aggódottan.

– Amiatt ne aggódj! Elkerül az magától is. Legalábbis a medvék inkább távolságot tartanak az embertől, mintsem levadásszák. De ne aggódj, majd szólok, ha lesz.

Dél körül lehetett, Ace pedig egyre jobban eltévedtnek érezte magát. Arca viszont újra derűsre változott, mikor a farengetegben kiszúrta a kastély kőtornyait. Elérte úticélját.

– Lenyűgöző. – A szava elakadt a kastély szépségén. Még most is élénken fénylettek az ablakok, akárcsak évszázadokkal ezelőtt, fénykorában. Az ajtóról ez nem volt elmondható. Öreg volt és korhadt. Szerencsére valamennyire ki volt nyitva. A kastély néhány dologtól eltekintve egész masszívnak és sértetlennek tűnt Ace-nek, szinte nem is látszódott a falakon a kor.

Belépett. Minden sejtése ellenére teljesen elhagyatottnak és rendetlennek látszott. Még a sötétség ellenére is megnyugtatóbb volt, mint odakinn, az elvadult környezetben. Ahogyan a sötét és kísértetiesen csendes folyosókon sétált át, a kastély szinte magáért beszélt. Az elöregedett festmények a falakon mintha csak saját történetüket mesélték volna, a felborított bútorok ugyanúgy maradtak, ahogyan százhatvan évvel ezelőtt a tragikus estén megbolygatták őket. A hátsó terem, mely egykoron táncterem volt, mennyezetén díszes motívumok tetszelegtek. A feliratok azon az ősnyelven íródtak, melyet közösen használtak az emberi népek, mielőtt különváltak volna. Ez egy nagyon régi szokás, Cornelius esetében pedig biztosan lehetett valamilyen fontosabb jelentése.

Kicsivel odébb a kiszáradt medence volt látható, melyben egy szobor üdvözölte az arra járókat. Furcsa kialakítás, egy embernek látszó lény volt, hatalmas, tollas szárnyakkal a hátán, amik akkorák voltak, hogy esernyőként szolgálhattak volna egy nagyobb csoportnak is. Két kezében mintha valami címert tartott volna. Nem olyat, mint amilyen a Corvinus-oknak volt. Ez egy ragyogó csillagábrázolás, látszólag színarany. Hét csúcsán hét szimbólum díszelgett, melyeket Ace nem ismert. Nem egy angyalszobor volt, az öltözéke jelentősen eltért minden eddigitől, amit a fiú látott. Mi több: sokkal komplexebb. Egy galléros kabátszerűség volt rajta, melyet gombok fogtak össze. A ruhája egyben egy lábig érő köpeny is volt, meglehetősen furcsa kialakítás, mert egy külön belső szoknya is csatlakozott hozzá, mert a ruha gombjai csak a derekáig értek. Az ujja hosszabb volt, mint a viselőjének a karja, el is volt vágva a csuklónál. Egy díszes palást nyugodott a vállai körül. Nem az a keményfajta, amit a Basiliscus papjai hordtak. Sokkal puhábbnak és könnyebbnek látszott. Csomók lógtak róla, mintha szimbolikus jelentésük lenne. Még egy öv is volt a dereka körül, ami úgy tűnt, csak díszítésnek szolgált, mert kitűnt az öltözékből. Ace, bár nem látott még ilyesfélét, de az összképe egészen gyönyörű volt. Még így szoborként is, méltóságos látványt és egy tiszteletreméltó személyt sugallt. Mögötte egy festett üvegablak misztikus fényt bocsátott a szoborra.

– *Sokáig fogod még bámulni? – kérdezte a kísérő. – Sok van még ám, amit még nem láttál.*

– Csak elgondolkoztam. Vajon kit ábrázolhat a mű?

– *Magadban, Ace. Magadban. Azt is hallom. Nehogy lebuktasd magad az emberek előtt, ha esetleg visszafelé mész.*

– *Mondhattad volna előbb is.*

– *Kíváncsi voltam, rájössz-e magadtól is. Mindegy.*

– *Kösz szépen.*

Majd a fiú továbbállt. Sokat gondolkozott a szobron. Volt abban valami különleges, valami nem evilági. Miután Ace átmasírozott a fél kastélyon, továbbra is elkalandozott abban, hogy végre talált valami kiindulópontot. Az öreg archívum.

– Na, tessék. – sóhajtozott a fiú a zavarba ejtően sok könyv és írások láttán. – Egy könyvről volt szó, nem egy egész könyvtárról.

A könyvek egy része szinte nem is volt olvasható az idő vasfoga miatt, ennek ellenére sok másik szinte kitűnő állapotban maradt. Majdnem mind az emberiség közös ősnyelvén íródott. Ahogy az egy tudóstól elvárható, a könyvtár számos természettudományi és csillagászati kötettel rendelkezett, melyeket úgy alkottak meg, hogy bírják a gyűrődést. És nemcsak tudományos könyvek voltak ott, hanem számos történelmi irat is megbújt köztük. Az egyik polc erről, a másik már teljesen másról szólt. Előkerültek neves tündérmesék is, amelyek közül párat még Ace is felismert. A fiút lenyűgözte a tény, hogy ezeket a meséket még évszázadokkal ezelőtt is ismerték. Sajnálatos módon azonban a könyv, amit keresett, sehol, de legalábbis egyik tartalma sem árulkodott arról, hogy az lenne. A tudományos kötetek ráadásul semmilyen természetfeletti témával nem foglalkoztak. Furcsa volt a helyzet, a fiú már szinte az egész archívumot átnézte, mágiáról csak boszorkányok képében olvasott. Érdekesnek találta, hogy ezek a könyvek egyike sem úgy írt a boszorkányokról, mintha azok gonoszak, vagy rossz természetűek lennének. Egy szó sem esett átkokról, fekete mágiáról, estleg természeti katasztrófák okozásáról. Ace-nek megakadt egy ilyenen a szeme. Egy kisebb példány volt, örült is neki a sok, nehéz, nagy könyv után. A boszorkányságról írt, semleges hangnemen. Bemutatta tevékenységeiket a gyógyítással kapcsolatban, ami a boszorkányok legfontosabb tevékenysége. Mondhatni, ez a lételemük is. Ace meglehetősen zavarosnak találta ezt az egész ügyet, hisz ő is csak annyit tud a boszorkányokról, mint amit mindenki másnak tanítottak. Gonoszak és hitetlenek. Ők felelnek az emberek szenvedéseiért, emiatt máglyán a helyük. Láthatóan zavarba ejtette Ace-t ez az új, ellentmondásos írás róluk.

A fiú kissé elbátortalanodott, amikor az utolsó könyvbe is belenézett. Sóhajtozva, tanácstalanul nézett maga elé. Nem tudta, mi legyen a következő lépése.

– Ez reménytelen. Mégis hogy találom így meg? – kérdezte magától Ace.

– *Meglepi!* – kacagott fel hirtelen a hang, ismét elővéve a viccelődős stílusát.

– *Mi?* – kérdezte a fiú gyanútlanul.

– Melyik könyvet keresed? – kérdezte hirtelen Violet. Már jó ideje ott sunyított Ace mögött.

Ace, akár a macska, akire a frászt hozták, hátraugrott, amitől majdnem el is esett. Ezt a jelenetet látva a kísérő Violet-tel egyszerre nevetésben törtek ki, amely valamelyest megnyugtató volt Ace számára, bár azzal egyidőben morcossá is tette. A fiú komor tekintete pedig csak még tovább nevettette a lányt, aki szemlátomást jól szórakozott az eseten.

– Ezt ne csináld még egyszer. – szólalt meg kis idő múlva Ace illedelmes, de annál komolyabb hangon, miután egy kisebb szívrohamot kapott Violet jóvoltából. – *Miben fogadunk, tudtad, hogy mögöttem volt ez a lány?* – kérdezte a kísérőjétől a fiú. – *Én? Tudtam? Dehogyis!* – felelte a hang, aki még mindig nem tudott megállni a nevetéssel.

– Ne haragudj rám, rég nem nevettem már ennyit. – felelte kedvesen Violet.

Ace-nek több dolgon is megakadt a szeme. Egyrészt a lány kísértetiesen hasonló ruhát viselt, mint a medence közepén a szobor. Annyi eltéréssel, hogy neki nem voltak csomók a vállpalástján. A kabát sem olyan volt, mint a faragványon. Csuklyás külső köpeny volt a belső rész felett. Egy díszes, színaranynak látszó bross volt rátűzve. Maga a külső köpeny hullámos, ezüstszürke volt. Ez csak azért volt fontos, mert legalább tudta, hogy nem a szobor kelt életre. Mindenesetre, ilyesmit sem látott a fiú még soha. Ami igazán feltűnő volt, az a lány szeme. Ibolya színe volt, ami szinte már ragyogott.

– Violet vagyok. Örvendek a találkozásnak! – azzal meghajolt, várva a viszont meghajlást. Sajnos a gubanc az volt, hogy Ace-nek fogalma se volt, miért hajolt meg előtte. Eclain-ben nem szokás így köszönni, hacsak nem magával a királlyal áll valaki szemben.

– Elejtettél valamit? – kérdezte zavartan Ace. Ez persze újabb kacagást váltott ki a kísérőből, aki gyorsan útba is igazította. – *Ne nevettess már, légy szíves! Hajolj meg te is!*

– Ace Mar...Corvinus. – azzal ő is meghajolt. Igyekezett valamennyire lemásolni Violet mozdulatát.

Furcsa egy köszönési mód, gondolta magában. A lányon valahogy semmi se tűnt emberinek, még annak ellenére sem, hogy úgy nézett ki, mint egy nemesi család fiatal leánya. Az egész megjelenése, a mozdulatai, az öltözéke, a szeme színe, a hangja. Valami egyszerűen nem stimmelt vele. Úgy tudnám a legjobban jellemezni, mint egy imposztort, aki szinte tökéletesen álcázza magát, azonban a gyakorlott szemet nem tudja becsapni.

– Ne haragudj, Violet! Megkérdezhetném, hogy... Te mi vagy?

5. fejezet

Lökéshullám

Az ég tiszta. A szél nem fúj. Tökéletes időpont az újabb Magicis Sequor kitörésnek, melyet Aeren fővárosából, Risiniumból indítanak. Jó pár évtizede bevett szokás ez a Basiliscus Rend katedrálisán. Furmányos eszköz ez, képes érzékelni a mágiahasználat nyomait. Ez olyan, mint a tűz égésének a füstje, amit távolról észrevesznek. Attól függően, hogy mennyi energiát fektetnek bele, a Magicis Sequor képes akár egy egész birodalom területén is keresztülhaladni. Szerencsére ahogyan a tűznél a füst sem örökké látható, a mágia mellékterméke se érzékelhető sokáig. Maga Cornelius Corvinus alkotta meg ezt a technikát még fiatalon, mikor az egyetemen tanított. Sajna a rend erre is rátette a kezét, még úgy is, hogy akkoriban az egyetemek igazi menedékhelyet biztosítottak a titkosított információknak.

Violet jelenléte a kastélyban, és az abban levő rendetlenség arra utal, hogy a Basiliscus nem itt állított fel bázist. Talán túl messze fekszik mindentől, esetleg nehéz kitalálni az erdőből anélkül, hogy az illető összefutna valami vadállattal. Pont úgy, ahogy Ace is a kísérőjének köszönhette, hogy épségben idejutott. A fiúnak rengeteg kérdése volt a tündérhez, akárcsak Violet-nek is hozzá. Most a kastélyban található könyvek lefordításában segít neki, melyek szinte mind a közös ősnyelven íródtak.

– Egy valamit árulj el nekem, Ace. Hívhatlak így? – kérdezte Violet, miközben egy könyvet fordított Ace felé, amit a fiú segített lefordítani.

– Persze, nyugodtan. – felelte udvariasan.

– Így kéne kinéznem? – mutatta felé az egyik tündérmesében a kis, rovarszárnyas névrokonait egy könyvből.

– Ezek szerint nem.

– Nem láttatok ti még tündért? – kérdezte meglepetten.

35

– Tudod, minálunk ti... Hogy is mondjam... Csak képzelet tárgyai vagytok, ha nem sértelek meg ezzel a ténnyel. Olyasmi élőlények, akikről ilyen és ehhez hasonló meséket írunk, hogy aztán azokat gyerekek olvassák. – érkezett a válasz Ace felől. Ezidáig ő is csak egyszerű mendemondaként fogta föl az ilyesmit. Mondhatni igazi csodával találkozott. A két faj nem ugyanazon világon osztozik.

– Érdekes. De te legalább már tudod az igazságot. – azzal vállon lökte Ace-t, mosolyogva.

– *Szóval így állunk.* – mondta magában. – *Az is csoda, fennmaradtak ezek az iratok, nemhogy még olvashatóan is. Van egyáltalán olyan dolog, ami nem hazugság az eddigi életemből? Mi minden rejtőzhet még a föld alatt? Itt beszélgetek egy igazi, élő tündérrel, akiről egy hete még azt se tudtam, hogy létezik, ráadásul ennyire emberi formában. Valami nem stimmel.*

– *Hát, most ilyet is látsz.* – felelte belülről az ismeretlen hang.

– *Ezzel nem vagyok előrébb.* – vágta rá flegmán Ace.

–Itt is vannak boszorkányok? – kérdezte Violet izgatottan. – Alig várom már, hogy találkozzak egyel.

Ezek a mondatok csak újbóli magyarázkodásra késztették a fiút. Eléggé összegubancolódtak a gondolatai. Nem elég, hogy ő is csak most tudta meg, a boszorkányok nem többek, mint magas szintű tudománnyal rendelkező gyógyítók, még el is kellene valahogyan ezt magyáznia neki.

– Hát, én nem ismerek ilyen embereket. – mondta. – Az ritka látvány errefelé. Várjunk csak. Honnan tudtad, hogy ezen a földön is vannak boszorkányok?

– A jelükből. És a címereikből. Minden ugyanúgy néz ki. – felelte Violet, majd előkereste az egyik, ezzel foglalkozó könyvet. Méretes pentagramma szerepelt rajta, elég nagy ahhoz, hogy különféle más szimbólumok és feljegyzések kapjanak helyet a csúcsain. – Nálunk is ugyanez a címer díszeleg a gyógyítóink ajtaja előtt. Az öt elem elosztása. A boszorkányság tudománya szerint ezek egyensúlya jelenti az egészséget. Szerintük mindenfajta betegség ezen elemek egyensúlyának a hiánya. – magyarázta Violet, miközben Ace figyelmesen kísérte végig a tündér mondanivalóját.

36

Valahogy a tündér szava sokkal hihetőbb volt számára, mint bármelyik másik emberé. Jó érzés volt látni rajta, hogy egy nagyon nyugodt és természetes módon beszél ezekről a témákról. Hálás azért, hogy végre ott volt vele valaki, akivel olyan kérdéseket beszélhetett meg, amiért más már bolondnak, eretneknek hívta volna. Ugyanezen dolgoknak az itteni világban már csak a puszta említése is félelmet kelt a halandók közt. Ace sosem értette, miért. Soha nem mondtak neki semmit erről. Az igazságról. Arról, hogy miért tekintenek olyan nagy megvetéssel a másképp gondolkozókra. Ne mondd ki, mi a te véleményed, az nem számít. Csak kövesd az áramlatot, mit a többiek keltettek. Akkor nem leszel egyedül. Mondták ezt a fiú tanárai, akik mindenkinek ugyanazt adták, amit nekik tanítottak az előző generációk. Ace minden porcikájában és minden emlékében érezte a hazugság szörnyű tudatát. Persze, nem arról van szó, hogy eddig nem sejtett semmit, de az a tény, miszerint az egész élete egy hazugság, az már neki is sok volt.

– Tehát ez itt a tűz, a víz, a föld, a szél. És az a felső csúcson?

– A lélek. Ennek van a legfőbb szerepe, de igazából mindegyik legalább annyira fontos. A lélek az, ami irányítja, összefogja a többi négyet. A lélek irányítja a testet. Az vagy te magad. A test csupán egy eszköz számodra. – mesélte Violet. – Szerintem biztosan nálatok is így van.

– Értem. – válaszolt a fiú, akinek egy kisebb agyzajt okozott ez a rengeteg információ. Nem egészen értette a dolgot, de annyit még ő is felfogott, hogy nagy a világ. Úgy is lehetne fogalmazni, úgy érezte magát, mintha egy őskövület lenne, akit most talált meg az utókor. Ugyanakkor, egy bizonyos dolog már rég óta motoszkált a fejében.

– Violet?

– Tessék?

– Szabad megkérdeznem, hogy te miért vagy itt? Úgy értem, hogy kerülsz ide, az emberi világba? Ráadásul pont ide, ebbe a kastélyba.

– Én… Nem tudom. – felelte zavarodottan Violet. A hangulata kissé megváltozott.

– Bocsánat. Nem akartalak megbántani ezzel.

– Nem, nem az a baj. Hanem tényleg nem tudom, miért és hogyan kerültem ide. Máskülönben örömmel mondtam volna. – mondta szomorú tekintettel Violet.

– *Mi van?* – kérdezte magától a fiú. – *Hogyhogy nem emlékszik?*

– *Gratulálok, Ace!* – szólalt meg a kísérő. – *Találkoztál egy amnéziás tündérrel.*

– *Milyennel?*

– *Amnéziással. Ez az emlékezetvesztés egy fajtája. Nyugi, majd valamikor visszatérnek az emlékei.*

– *Mikor?* – kérdezte Ace.

– *Honnan tudjam. Talán egy pár nap, de akár néhány év is lehet. Ez sok mindentől függ. De általában az szokott segíteni, ha az elveszett emlékekkel kapcsolatos dolgokat lát, vagy hall.*

Ahogy a szobákat vizsgálták, rengeteget beszélgettek a mágiával és a tündérek életével kapcsolatban. A szobákban minden érintetlen volt, bizonyára a tündér nem szeretett volna olyan dologokhoz nyúlni, amikhez nem ért, vagy esetleg azért, mert nem az ő tulajdona.

– És mondd, te milyen mágiához értesz? – tette fel a kérdést Ace, érdeklődve, bár látszott rajta, hogy ez nem az ő területe.

– Úgy érted, mely elemeket használom? A tűz kivételével mindegyik természeti elemet, a lelket is beleértve. Ezek az én erőm alaposzlopai. De a valóságban, az egyén bármelyik kitanulására képes. A kombinációik számos különlegesség, mint például a Természet Szövetsége. Lehetővé teszi számomra, hogy bármilyen állat barátságosan fogadjon engem. – válaszolta büszkén Violet. – Ezen felül még az életenergia áramoltatása testből testbe, vagy éppen vissza a földbe. A szélpenge, amely még nem az igazi nálam. Odahaza favágáshoz és egyéb munkálatokhoz használjuk. Telekinesis, Phytokinesis. Ezek amolyan kisebb segítségek.

Ace már megint összezavarodott, de hát mit is várna egy másik világ lakosától? Ezek mind olyan beszélgetések, amiknek csak töredékét tudja felfogni.

– *Azt már tudjuk, hogy takarítani nem szeret.* – kuncogott Ace kísérője.

– Na és te? – adta át a témát a tündér. – Nálad?

- Hát... Nem hiszem, hogy bármi ilyesmihez értenék. – válaszolt bizonytalanul.

– Ó, ugyan már! Mindenki képes legalább egyet tökéletesíteni az öt elemből. – mosolyogta Violet. – Belőled a lelket nézném ki.

– Megértem, de az emberek nem igazán tudnak ilyesmiket csinálni. Úgy értem, ezek teljesen új dolgok nekem. Senkit sem ismerek a sajátjaim közül, aki bármi ilyesmire képes lenne.

– Fura népek vagytok. – mondta jókedvűen Violet.

– Nekem mondod?

– Igen. A könyvekben, amiket ugyan nem tudok elolvasni, ott nagyon sokszínűek vagytok.

– *Én elhiszem, hogy szép látvány az a szempár, de ugye azt is észrevetted, mennyire lilás a szeme alatt?* – kérdezte figyelemfelhívóan a hang.

– *Már feltűnt. Biztosan sokszor álmatlan. Az igaz, hogy egy ilyen helyen nekem se lenne egyszerű az alvás.*

– *Nem. Itt valami másról van szó. A helyedben szemmel tartanám.* – felelte sejtelmes hangon a kísérő. – *Valami azt súgja nekem, hogy valamit titkol.*

Egyszer csak a semmiből, hirtelen mindkettő a mellkasát fogta fájdalmában. Mintha csak egy hirtelen és láthatatlan csapás érte volna őket belülről.

– Te is érezted? – kérdezte ijedten Ace.

– Igen, de már nem először. – felelte a lány. – Neked is ugyanott fáj? A szívednél?

– Nem, én itt érzem valahol. – mutatta magán a fiú. Violet közelebb ment hozzá, majd rámutatott egy pontra Ace mellkasán.

– Ugye nem ezt itt? – kérdezte aggódva.

– De igen, pontosan itt. – válaszolta.

– Az a lelked. Ott helyezkedik el. Ha az fáj, akkor az semmi jót nem jelenthet. – mondta aggódó hangon.

– Azt mondtad, „Már nem először". Mit értettél ez alatt? Éreztél már ilyesmit korábban is?

– Már sokszor. – felelte. – Szokatlan időpontokban. Mindig ugyanott érzem.

– Mi ez?

– Fogalmam sincs. Talán valamilyen másik varázslatnak az erejét érezzük. Te sosem érezted még?

– Ezelőtt még soha. – mondta Ace rémülten.

Egyikük sem tudott előállni valami értelmes magyarázattal, mi történhetett abban a hirtelen pillanatban. Főleg Ace, aki sosem érzett még ilyesfajta fájdalmat. Olyan érzés volt, mintha megszúrták volna. Mint amikor csalánba nyúl az ember, de ugyanaz a személy még allergiás is rá.

Hogy jobb kedvet hozzon, Violet megmutatta az erdőt Acenek. Magabiztosan járta kastély körüli terepet, ahol letett egy-két jelzőt, nehogy eltévedjen. Violet-ről kiderült, hogy saját ittléte tudatának hiányában azt tette, amit a hozzá hasonló tündérek tennének. Kezelésbe vette az erdőt, és kutatja, tanulmányozza azt. Az ő jelenlétében mindjárt nem volt annyira fenyegető a fenyves. Violet sokat mesélt arról, hogy mennyire hasonló az itteni környezet az otthonához képest. Leszámítva azt az egy dolgot, hogy náluk a fák jóval magasabbak. Bár a lány egy idő után úgy tűnt, keres valamit, ahelyett, hogy körbevezetné.

– Már csak azt lenne jó tudni, hogy ez a Karmos hol lehet. – mondta magában Violet.

– A ki?

– Karmos. Mindig elkóborol valamerre.

Ace azon gondolkozott, hogy Violet miről beszélt, de a kérdésére a kezénél szaglászó, hatalmas, barna bundás csúcsragadozó adott választ. A fiú valósággal lefagyott a medve látványától, úgy is mondhatnám, az ijedtség ide már kis szó volt. Olyannyira lefehéredett, hogy a hóban is elbújhatott volna. Mozdulni se mert. A medve minden egyes morgása egy kihagyást keltett a szívében.

– Szia, Karmos! – szólt oda Violet, átölelve az állatot a nyakánál. Megbotránkoztató látvány lehet, mikor egy ember egy ragadozó vadállatot próbál átölelni. – Mi az, Ace, miért vagy ilyen sápadt hirtelen? – kérdezte kuncogva.

– *Na, szerinted miért vagyok? Most ijesztett félholtra ez a féltonnás hústorony.* – mondta magában Ace. – Egy pillanat, ezt fel kell dolgoznom.

– Ő az egyik barátom, Karmos. Gyere te is, simogasd meg!
Azt nagyon szereti.

– *Azt azért ugye tudod, hogy ez egy fenevad?* – gondolta a fiú,
azzal közelebb ment.

Ace próbált lenyugodni, miközben az állathoz ért. A medve
szemlátomást kissé morcosan nézett a megrémült Ace-re. Ő volt
az első ember, akivel találkozott, maga pedig ugyebár ragadozó.
Csak azért nem támadt rá, mert Violet nyugodtan érezte magát
mellette. Ace sosem látott még igazi medvét, megszokta a város
biztonságát. Hatalmas termete, ujjméretű karmai és a fejnagy-
ságú mancsa láttán csak az jutott az eszébe, milyen fenséges és
méltóságos teremtmény. Furcsamód egyszerre volt kellemes és
ijesztő a brummogását hallani.

– *Szóval ilyen érzés a halálfélelem?* – kérdezte Ace a kísérőtől.
Nemcsak félelmet érzett, de ugyanakkor megalázva is érezte
magát.

– *Valami hasonló lehet, azt hiszem.* – felelte a kísérő.

Ace észrevette, hogy Violet csak a tóig megy el és nem tovább.
Egy nagy, kör alakú tó, látszólag nem túl mély. Már-már termé-
szetellenesen tökéletes formája volt. Végig csak köröztek a kas-
tély körül. Ezek szerint Farasil erdejének nagy része továbbra is
egy felderítetlen vadon. Mikor Ace megpróbálta Violet-et kintre
kísérni, hogy megmutassa egy kicsit a külvilágot, a lány megállt
az erdő határánál. Nem mert tovább menni. Ahogy sejtette, Ace
együttérzően nézett felé.

– Miért? – kérdezte óvatosan.

– Mert... Nem megy. – mondta Violet a földet bámulva. –
Hadd mutassak valamit.

Azzal visszamentek a kastélyba, azon belül is egy elzártabb
részre, ahol Violet felfedte Ace-nek az összes nyílvesszőt, amelye-
ket állatokban talált. Több nyíl, a rászáradt vérrel a hegyükön. Jó
néhány már elég rossz állapotban volt, ami arra utal, hogy Violet
ezeket nem pár hét alatt gyűjtötte össze. A fiú elszörnyülködve
nézett végig a gyűjteményen.

– Egyet sem tudtam megmenteni. – mondta halkan Violet.

Ace-nek világos volt a dolog. Mikor ezeket az állatokat meglőtték, némelyik az erdőbe menekült, ahova már nem merészkedtek az orvvadászok. Ennek tudatában felébredt Ace-ben a harag.

– *Örülnöm kéne annak, hogy a gyáva férgek nem jöttek ide? Mégis mekkora szerencséje van ennek a lánynak, hogy nem velük találkozott előbb?!*

Kezét ökölbe szorítva Ace egyre hevesebben vette a levegőt. Violet ezt észrevéve azt hitte, Ace sírni fog, bár való igaz, a két reakció eleinte hasonlóan néz ki. Rátette vállára kezét, ami valamelyest nyugtatta Ace-t. Azonban hirtelen valami vészjósló, nem evilági dolgot vett észre a fiún.

– Ace! – szólalt meg ijedten Violet.

– Igen, mi a baj? – kérdezte, mit sem sejtve. – Mi az?

– A szemed...

– Mi van vele?

– Miért ennyire... piros?

6. fejezet

Felfedezés

Ravenfeather, Eclain Birodalom. Nyolc évvel a végső összecsapás után.

Ace, miután apja nem került elő, anyjának pedig szinte mindig a könyvtárban volt a munkája, a fiúra ez rányomta bélyegét. Egykeként, valamint félárvaként, kénytelen volt részben saját magát felnevelni. Gyakorta járta a város utcáit, céltalanul. Helyzetén csak rosszabbított az ország, Eclain-nek a társadalma, ami arra kényszeríti az embereket, hogy álljanak be a sorba és ne mutassák saját személyiségüket. Olyan ez, mintha az lenne a társadalom szándéka, hogy mindenkit ugyanolyan klónná faragjon. Persze ennek is megvan a maga ártatlan célja, ami a közösség összetartását akarja elérni. Szép elképzelés, de a valóságban ez súlyos hátrányba taszítja az olyan különleges embereket, mint Ace.

Azáltal, hogy a fiú különlegessége miatt nem tudott úgy élni, mint minden más gyerek, jelentős hatással volt rá. Ennek következtében, nem látva más lehetőséget, muszáj volt megtanulnia egyedül boldogulni. Gyakran figyelte a sötétből az iskolatársait, akik minden nap együtt sétáltak haza és együtt ebédeltek. Nincs arról szó, hogy nem próbálkozott volna beilleszkedni. Egyszerűen nem ment neki. De mindennek van jó oldala is. Amiatt, hogy nem volt kivel foglalkoznia, szerettein kívül, elkezdte tanulmányozni társait. Megértette, nem tartozik azok közé. Nem azokhoz, akik elutasítanak másokat azért, mert ők mások. Nem akart olyanokkal egy helyen maradni, akikkel a barátság erősen feltételes és hazugságokkal teli lenne. Ott nem tudott volna önmaga lenni. Miután a társadalom alapos kiismerője lett, elhatározta, hogy minden érzelmét szavakba önti, megfogalmazza őket. Ezáltal pedig megértette, ki is ő, és hogy nem akar nem önmaga lenni. Ekkor következett be a fordulópont

44

az életében, amikor kialakult benne egy erőteljes ellenszenv az embertársaival szemben. Meggyőződése volt, hogy nem vele van a baj. A fájdalmat és félelmet, amik belülről mardosták, nem tartotta az ő hibájának. Olyan, mint mikor valaki elszakítja a kezeit fogva tartó köteleket, amelyek cérnavékonyak. Ez egy független, lázadót formált Ace-ből. Érzelmei elváltoztak. A kezdeti félelmet harag, a kétségbeesett próbálkozást annak érdekében, hogy mások elfogadják, gyűlölet váltotta fel. A lelkében ez egy éppen csak pislákoló tüzet ébresztett. Azt a tüzet, amelyet saját csalódottsága táplált, úgy nőtt egyre nagyobbá és nagyobbá. Az utcákon és iskolákban félelmet keltő gyűlölettel csapott le mindenkire, aki valaha is megvetette őt. Néha elég közel járt ahhoz, hogy eldobja a jövőjét azzal, hogy kiolt egy életet. Ezek az esetek miatt kicsapták Ace-t az iskolából. Ennek következtében a fiú nem várt sokat az élettől, egész nap csak csavargott az utcákon, céltalanul. Nem szégyellte, de nem is volt teljesen boldog vele.

A következő nagy fordulópont életében a hasonló sorú Zack volt, akivel a háztetőkön találkozott és barátkozott össze. Zack egy szegény parasztcsaládból származott, akik gyakran jöttek a városba, hogy eladhassák terményeiket. Ritkán találkozott a szüleivel, mivel jó maga nevelőszülőknél nőtt fel, így járhatott iskolába. A két fiú igazi szövetségessé váltak, ezek után szinte mindig együtt voltak, akár az ikertestvérek. Szaladgáltak tetőről tetőre, osontak be konyhákra, raktárakba. Szó szerint keresték a bajt. Majd útjaik három év barátság után kettéváltak, Ace-ből inas lett, Zack-ből pedig paraszt. Bár Ace már nagyjából kilábalt a gyerekkori nehéz kezdetekből, annak a nyoma a mai napig fellelhető lelkében. Gyanítom, ez így is marad.

A kastélyhoz érkezése után pár nappal, Ace hasonlóképpen tekintett Violet-re, mint Zack-re. Vele bízva oszthatta meg történeteit, ahogyan a lány is az övéit. Pont, mint amikor két szinte tökéletesen passzoló elem találkozik. Egyszerűen szerettek együtt beszélgetni, sétálni, felfedezni Farasil erdejét. Csak egy dolog volt, ami folyton visszatérő kérdésként merült fel kettejük között. Hol a nyavalyában van az a „varázslatos" könyv? A páros átkutatta a kastélyt a legmagasabb toronyig, de semmit nem találtak. Sehol egy nyom, vagy esetleg valami titok a falak mögött. Minden sejtésük ellenére, a festmények mögött nem voltak rejtett kapcsolók, ahogyan a szobrok és állványok mögött sem. Ace és Violet is kezdték azt hinni, hogy ennek a könyvnek nincs is fizikai formája, vagy máshol van elrejtve. Bárhogy is, az öreg Cornelius mindenre gondolt. De ez a kis kellemetlenség nem gátolta meg Violet-et abban, hogy kedvére szórakozhasson, miközben a kastélyt kutatják. Néha képes volt olyan veszélyes mutatványokra, mint az udvaron lévő kőfalakon egyensúlyozás, miközben beszélgettek.

Egyik ilyen napon Ace rábukkant a kúria alaprajzaira, a könyvtár egyik elkülönített részén. A tekercsekből kiderült, hogy a kastélynak van egy kiterjedt, alagutakból és kamrákból álló földalatti része is. Raktárak, borospince, egy laboratórium, mindenféle föld alá való dolgok, de némelyik szoba nem volt elnevezve. Gondolta magában a fiú, jó lenne ellenőrizni ezt is. A bejárat ajtaja szinte már természetes módon zárva volt.

– Hogy nyitjuk ki? – jött a kérdés Violet felől.

– Egy pillanat. – mondta a fiú, azzal nekilátott a zárnak. Ace, mikor kisgyermek volt, Zack-kel sokszor törtek be zárt helyekre. Szépen lassan igazi szakértők lettek, ha bezárt ajtókról volt szó. Ennek kapcsán nem is véletlen, hogy egy régi, hagyományos zárszerkezet nem kihívás Ace-nek. – Parancsolj!

A sötétség láttán Violet mintha kissé elbizonytalanodott volna. Ace lámpást vett elő, majd elkezdett lassan lefelé menni a lépcsőn.

– Te nem jössz? – kérdezte meglepődve.

– Hát, tudod… – akadékoskodott a lány. Csak ott állt az ajtóban és igyekezett másfelé nézni. Próbálta elvonni a figyelmet magáról.

– *Arra gondolsz, amire én?* – kérdezte Ace a kísérőtől. Mostanában nem igazán hallotta.

– *Még szép!* – kuncogta a hang.

– Csak nem félsz? – kérdezte mosolyogva Violet-től.

– Én? – kérdezett vissza. Persze látszott rajta a hangulatváltozás.

Ace azzal kinyújtotta Violet felé a kezét, miközben a szemébe nézett. A lány, bár még hezitálva, de megfogta Ace kezét, majd megindultak lefelé. A pince folyosóin már nemcsak egyszerűen sötét volt, alig lehetett látni. A sötétben mindenféle motoszkálás és kaparászás hallatszódott. Violet keze érezhetően reszketett, ahogyan Ace kezét fogta. A háta mögött követte, meg se szólalt. Ace sem értette, ha ennyire fél a sötétben, akkor miért követte ide le? Kis barangolás után eljutottak azokba a kamrákba, melyek nem volt nevük. Kicsik és dohosak voltak. Még padló sem volt alattuk, szó szerint a hideg földön tapostak.

– *Mi célt szolgálhattak ezek?* – tűnődött magában a fiú. – *Csak üres, félbehagyott szobák lennének?*

Ugyanolyan volt a többi ilyen szoba is. A laboratóriumot láthatóan megviselte az idő vasfoga. Meglepő volt látni, hogy a patkányok ezt a helyet is megtalálták. Ezek adták ki azt a rengeteg hangot. Az utolsó szoba különleges volt, az ajtajából egy halvány fény szűrődött ki. Egy nyaklánc ékköve volt az. Hasonlóan nézett ki a minta benne, mint a szoborén.

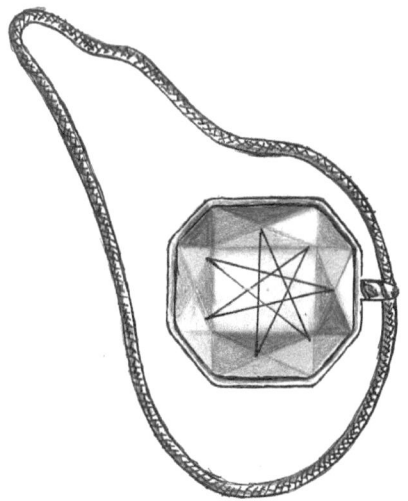

– De hisz ez országom címere. – mondta döbbenten Violet. – A Tündérek Csillaga. Mit kereshet ez itt?

– Úgy látszik, Cornelius-t erősen megihlette az otthonod. – tippelt Ace.

– Ez valami más. Megengeded? – azzal Violet kezébe vette a nyakláncot, amit ahogy megfogott, meg is találta a választ a szerepére. – Ez egy gyakorlóeszköz.

– Mire? Mit gyakorolnak vele? – érdeklődött Ace.

– Az öt elem erejét. – felelte magabiztosan. A kisgyermekek kapnak ilyesmit, amikor még nagyon képzetlenek. Kicsiként még nagyon kevés az öt elem energiája a testükben. Nagyon szép, messze a legszebb gyakorlóeszköz, amit valaha láttam. – jegyezte meg Violet, rácsodálkozva az ékszerre.

– Azt mondtad, „amit valaha láttál". Mit értesz ezalatt? Ezek szerint nem csak így néznek ki ezek?

– Nem feltétlenül. Bárhogyan kinézhetnek, mint az emléktárgyak. Lehet az a legértékesebb drágakő, vagy akár a legértéktelenebb fapálca is. Két szerepe van. Tároljon, és hogy újjászülessen benne az öt elem energiája. Azonnal észrevehetőek, mert reagálnak a tapintásra. Ebben pedig temérdek energia van.

– De mit kereshet ez itt? – értetlenkedett Ace.

– Ha Cornelius nálunk járt, az azt jelenti, hogy vagy elhozta ezt, vagy egy másik, hasonló tárgy energiáját áramoltatta ebbe. De valamit nem értek.

– Én sem. – felelte Ace. – Mi van akkor, ha az emberek nem képesek mágiára, mint ti, és ezt használhatta kulcsként?

– Pontosan. – vágta rá a lány. – Ez azt is megmagyarázhatná, miért ennyire erős ez az egyetlen nyaklánc. Tudod, messze nem ilyen erősek a mieink. Úgy értem, nem azok, amiket gyakorlásra használunk.

– Talán nyomot adhat a könyv hollétére. – tartotta a kezében.

– Hacsak nincs benne egy kis segítség, akkor nem. De nekem jobb ötletem van. – mosolyodott el Violet, azzal Ace nyakába tette az ékszert.

– Mit csinálsz?

– Használd ezt! Ha magadtól nem vagy képes mágiára, ez majd segít.

– Köszönöm! – mondta hálásan a fiú.

– Ó, ugyan már! Ne hálálkodj, ez a te tulajdonod. – mondta kedvesen Violet.

– Akkor irány kifelé, eleget voltunk már ebben a veremben.

Ez mind egy szép emlékként szerepelhetett volna kettejük szívében, abban az esetben, ha a következő nyúlméretű patkány nem veri le az asztal széléről a lámpást, ami így eltört a földön, rázúdítva a sötétség világát kettejükre. Violet, elveszítve minden nyugalmát, oldalról átkarolta Ace-t, olyan erősen, mintha az lenne az utolsó cselekedete életében. Nem tudni, mennyi ideig tapogatóztak a sötétben. Nem voltak ablakok, ahol a napfény beszűrődhetett volna. Próbálták a nyaklánc fényét használni, de azzal semmire nem mentek. Ennek következtében, egészen addig, amíg Ace szeme meg nem szokta a sötétséget, nem tudott hova indulni. Violet ijedtében még a szemeit is lehunyta. Anynyira erősen szorította két karjával Ace-t, hogy érezték egymás szívverését. Mikor kiértek, a lányt úgy kellett lefeszíteni Ace-nek magáról, persze nem mintha zavarta volna.

– Violet, kint vagyunk. – nyugtatta Ace a lányt, aki végig csukott szemmel ölelte át. – Nyisd ki a szemed, kint vagyunk. – Látva magát ebben a helyzetben, Violet elpirulva engedte el Ace-t.

A következő napon Violet egy kisebb előadás keretében elmagyarázta Ace-nek, hogyan is működik az új szerzemény és miképpen szokás azt használni. A lány egy faboton mutatta be kedvenc technikáját, a Szélpengét. A bot, amely egy fatuskóba volt beleszúrva, hirtelen két részre vágódott, majd a felső része a földre pottyant. Az is csakúgy a lány kezébe repült, ami már egy másik technika volt.

– Látod? Egy tökéletesen egyenes vonal a bot végén. Könnyű. – mondta büszkén. Majd vállon ragadta és odaállította a cél elé.

– *Neked talán az.* – gondolta magában.

– Ez mind a képzelőerődön múlik. Ez egy széltechnika. Képzelj el egy vonalat a levegőben. Egy teljesen egyenes vonalat. Ne túl hosszút, csak akkorát, amekkora elég hosszú ahhoz, hogy átérje a tárgyakat az elejüktől a végükig. Abban az egy vonalban nyomd össze a levegőt. Ez lesz a világ legélesebb pengéje. Ezután határozz meg neki egy pályát, amin az keresztülhalad. Ne legyen túl hosszú, mert a végén még azt is elvágod, amit nem kellene. Amin átmegy ez a vonal, az garantáltan kétfelé válik. Bármit elvág, legyen az a legkeményebb kristály, vagy kőzet.

Még a vizet is elválasztja, bár az nem is vehető észre. Miután átment a tárgyon, oszlasd el a vonalat, hogy az eggyé váljon a körülötte lévő levegővel.

Egy jó ideig próbálkozott, de Ace végül sikerrel létrehozott egy szélpengét és áthúzta ugyanazon a boton, ami ugyan nem vált ketté teljesen. Túl rövid volt a vonal.

– Nagyon szép! Most pedig oszlasd el! Ez a legfontosabb része. Ha nem oszlatod fel, akkor egy ideig ott marad és esetleg belemehet valaki, az pedig nem lenne szép látvány. – mondta a további utasításokat a lány.

– De nem vált teljesen ketté. – válaszolt zavartan a fiú.

– Az nem hiba, csak rövid volt a vonal. Minden tökéletes volt, gratulálok! – veregette vállon Ace-t.

Ace zavarónak találta az ilyen eszközök jelenlétét. Egy ilyen láthatatlan penge, amely mindenen átvág, amin az áthalad, gond nélkül megfordíthatná bármilyen csata álláspontját. A Szélpenge egy olyan technika, amit nem szabad hagyni, hogy mások kaparintsanak meg. Ezeken gondolkodott Ace, gyakorlásai során, kíváncsisága miatt nagyon gyorsan fejlődött ebben.

Észrevette magán, a nyaklánc nélkül fikarcnyi esélye sincs, ha a Basiliscus-ról van szó. Ő is csak ember, ezért érthetően inkább a fegyvert látta ebben a technikában. Furcsának vélte azt, hogy ilyen és ehhez hasonló eszközök vannak a tündérek kezében. Ha nem lennének ennyire békések és szeretetközpontúak, nem volna olyan hatalom, ami tartani tudná velük az iramot egy háborúban. Ha valami, akkor ez biztosan nem különösebb örömet okozna az emberi országok uralkodóinak, hadvezéreinek.

A nap már lenyugvóban volt, az állatok is kezdtek visszahúzódni otthonaikba. Lassan feltűnnek a csillagok az égen. A szél is csendesedik. Aztán valami megzavarja a naplemente utolsó fénysugarait. Egy méretes árny, amely a tündér és a fiú felett halad el, majd köröket ír le azok körül. Hatalmas, hüllőteremtmény, bőrszárnyakkal, alkar nagyságú fogakkal és félelmet keltő, mély üvöltéssel. Ha a hangja nem lenne elegendő, akkor a megjelenése akaratlanul is tiszteletet követel. Egy sárkány volt az. Pár kör megtétele után lassan földet ért Violet előtt, ránézett, majd egy meghajlásszerű mozdulattal köszöntötte. Ace ismételten csak nézett, ahogy Violet minden probléma nélkül simogatja a nála százszor nagyobb állatot.

– *Már meg se lepődök. Van olyan állat, ami ne szelídülne meg azonnal tőled?* – gondolta magában, bár sejtette, hogy nem véletlenül van itt ez a méltóságos vendég.

– Téged már nem sajna nem tudlak átölelni. – mondta boldogan a lány.

– *Jöttem, ahogy csak tudtam.* – a sárkány egy egészen különleges módon beszélt a tündérhez. Ahhoz tudnám hasonlítani, ahogy a kísérő beszél Ace-hez. Szájmozgás nélkül, egyenesen a lélekhez.

– Ugye azok nem...? – nézett Violet a lény hátán lévő nyilakra.

– *Ne aggódj azok miatt, túlélem.* – nyugtatta a sárkány. Ace, miután úgy látta, nem veszélyes az állat, megpróbált közelebb menni hozzá és kiszedni a nyilakat belőle. A közeledését egy ordítás fogadta, amitől visszahátrált a fiú.

– *Ember!* – üvöltötte sárkány. A tündér ugyan nem értette, miért olyan mogorva a barátjával a teremtmény, de arra rájött, hogy nem osztja meg a beszédét az emberrel.

7. fejezet

Fenn, a csillagok birodalmában

– Csillapodj már! Megijeszted. – próbálta nyugtatni Violet. – Benne megbízhatsz.

– *Az emberek nem megbízhatóak!* – majd Ace felé nézett. – *Szégyentelen, hazug banda!*

Violet lassan felemelte kezeit és elkezdte közelíteni őket egymáshoz. Ezt észrevéve, a teremtmény rögtön hangnemet váltott.

– *Arra semmi szükség nem lesz! Megértettem!* – azzal behúzta szárnyait. Úgy döntött, beszél Ace-hez. – *Nevezd magad szerencsésnek, ember!*

– Te... Tudsz beszélni? – kérdezte óvatosan.

– *Csak akinek akarok. Te vagy az első ember, akihez beszélek. Értékeld!*

– Ne haragudj, Ace. Tudod, a bizalom nem erős oldaluk.

– A sebeiből nézve értem, miért. – felelte Ace. – Hadd segítsek! – szólt a sárkányhoz.

– *Azt próbáld meg!* – morogta a sárkány.

– Iavoda! Kérlek, engedd, hogy segítsen! A neve Ace. A barátom! Teljesen ártalmatlan. – próbálta nyugtatni Violet.

Hosszas sóhajtozás és mérgelődés után ugyan, de a sárkány végül megadta magát Violet érvelésének. Amilyen sziklaszilárd tekintete és megjelenése volt eleinte, annyit is ficánkolt és nyűglődött, miközben Ace és Violet kezelte a nyilak által okozott sebeit. Nehéz is lehet egy fájdalmában ide-oda mozgolódó, tizenkét méteres sárkányt. Még nagyobb fejtörést okozott azonban az a tény, hogyan talált rájuk, mikor annyi lehetséges irányban lett volna képes röpködni a hatalmas égen.

– Hogy-hogy itt vagy? – kérdezte Violet a sárkánytól.

– *Mert segítségért kiáltottál.* – válaszolta a sárkány, nemes egyszerűséggel, és Violet nagy meglepetésére.

– Én nem... Várj. – a lánynak eszébe jutott az incidens, mikor a kastély mélyén hirtelen mindent elnyelt sötétség, Violet pedig ijedtében azt se tudta, mihez kezdjen. Gyanút fogott arról, hogy lehetséges, van egy képessége, amiről egész idáig nem tudott.

– Violet? – kérdezte Ace. A lány igencsak elnémult. – Jól vagy?

– Ne aggódj, Ace. Semmi bajom. – felelte nyugtalanul. Pont olyan volt az arckifejezése, mint aki rájött arra, hogy valami olyasmit tett, amiről még ő maga sem tudta, hogy kivitelezhető.

– Inkább az az érdekes, hogy te mit keresel itt. Hogy kerülsz ide? Mi keresnivalója lehet egy tündérnek egy teljesen más világban? – kérdezgette folyamatosan Violet-et a sárkány, Iavoda.

– Fogalmam sincs. – felelte szomorúan.

– Valami oknak csak kell lennie. De nem baj, majd talán eszedbe jut. Veled pedig! – nézett Ace-re. – Gyere velem, szeretnék négyszemközt beszélni veled! – azzal elmentek egy sétára az erdőben.

Violet-et rábízták Karmosra, aki szintén csatlakozott hozzájuk a nagy ricsaj miatt. Mikor már elég messze jártak, a sárkány így szólt:

– Ajánlom, hogy mind a két szemeddel figyelj oda rá. Rendben van, megbízom benned. – sóhajtotta morcosan. – Derítsd ki, miért van itt Violet, és ha már itt tartunk, remélem tudod, mekkora a felelősség most rajtad.

– Sejtem, mire célzol. – közölte Ace. – Gondolom, nem akarjátok belekeverni a tündéreket az itteni világ problémáiba.

Violet és vele együtt a tündérek sosem találkoztak még azzal a szégyennel, amit tanúsítotok! Én még életemben nem találkoztam egy olyan önmagát és másokat pusztító néppséggel, mint ti.

– Én nem vagyok... Nem is. Felejtsd el. Inkább beszéljenek majd a tetteim helyettem. Gondolom, szavaknak úgysem veszem hasznát, ha rólad van szó.

– Ügyes. – bólintott a sárkány. – Arra lennék még kíváncsi, mi okod lenne segíteni Violet-nek. Meglepett, ahogy bemutatott téged. De nehogy félreértsd. Azonnal rájöttem, hogy némelyest ferdített az igazságon, annak érdekében, hogy téged védjen. Persze, megértem én, naiv az összes, kivéve a vezérüket. Nem csoda, hogy kedvel téged. Te vagy az első ember, akivel találkozott. Nagy szerencse, nem mondom.

– Pontosan tudom, miért teszem.

–*Valóban? Mi lehet az oka? Mi késztethet egy magadfajta embert arra, hogy kockára tegye saját életét?*

– Én csak... Egyszerűen segíteni akarok. Ilyen vagyok és kész. Nem tudom, kinek bizonyítok én ezzel. Vagy hogy elérek-e vele valamit. Teszem, amit helyesnek látok.

– *Nos itt a lehetőség, Ace. Ezt akartam hallani! Bizonyítsd, hogy te jobb vagy. Talán még az én nézeteimet is megváltoztathatod. Ki tudja? Kíváncsi vagyok, meddig jutsz el. Vajon, mikor kihunynak a fények, amikor tudod, hogy nincs tovább, képes leszel-e lemondani emberségedről valaki más érdekében?*

Azzal visszacammogtak Violet-hez. A lány egy egészen érdekes módot választott arra, hogy Ace és Iavoda összebarátkozzanak.

– Mit szólnátok egy közös repüléshez? – vetette fel a kérdést, mosolyogva. – Talán könnyebben összebarátkoztok úgy.

– *Mi?* – hökkent meg Iavoda.

– Mi? – követte rögtön Ace.

– *Legalább pihenni hagynátok. Tudod, mekkora utat tettem meg idáig?* – kérdezte meghökkenve a sárkány.

– Na, én is jövök, ha úgy megfelel. – mondta Violet.

– *Ne vágj ilyen arcot, Violet! Mi olyan izgalmas abban, hogy felülnek a hátamra, aztán meg reszketve igyekeznek nem leesni? Minek néztek?* – gondolta Iavoda. – *Rendben, pattanjatok fel!* – felelte unott hangon.

– Én értékelem ezt az ötletet, de biztos vagy te ebben? – kérdezte Ace, miközben a sárkányon keresett egy megfelelő fogáspontot.

– Hát persze! Mindig is kiszerettem volna próbálni, milyen odafenn a csillagok birodalmában. – felelte izgatottan Violet.

– *Te ülj előre, ember. A szarvaimba kapaszkodj, akkor nem esel le. Remélhetőleg.* – mondta a sárkány.

Ace nehézkesen, de felkapaszkodott a sárkány nyakára, Violet pedig mögé. Ace a hatalmas szarvait fogta, a lány pedig Ace hátát. Az óriási teremtmény széttárta szárnyait, majd egyetlen csapással a magasba emelkedett. Az első pillanatokban, mikor eltávolodtak a talajtól, rémülten figyelték, ahogy egyre nagyobb és nagyobb lesz a mélység a talpuk alatt, a hihetetlen sebesség mindkettejüket hátranyomta. De ez az érzés hamar elszállt, mikor a fellegek fölé értek. Szóhoz sem jutottak, ahogyan kibontakozott előttük a kristálytiszta, éjszakai égbolt. A csillagok szépsége szavakkal nem volt leírható, fényesebben ragyogtak, mint eddig bármi, amit láthattak. A Háromholdak bevilágították az erdő tetejét, mely elnyúlt alattuk. A kastély abból a magasságból csak apró pontnak tűnt. A fenyőfák ágain baglyok szemei kémlelték a tájat, a tó úgy fénylett, akár a legnagyobb gyémánt a világon. Nem messze falvak fáklyái űzték el a sötétséget. A láthatár kiszélesedett, a csillagképek olyan tökéletesen rajzolódtak ki, amilyennek még sosem láthatták őket. Az idő lelassult. A nyugalom és a béke áthatott mindent, a levegőt, az erdőt, a tájat, az eget, de legfőképpen kettejüket. Ace rádöbbent, a világ sokkal szebb, mint amilyennek ezidáig hitte. Egy kis idő múlva Ace észrevett valamit. Violet már nem belékapaszkodott. Sokkal inkább átölelte. Fejét a fiú hátára hajtotta. Ace levette egyik kezét a sárkány szarváról, majd Violet kezére tette. Még sohasem érzett ehhez hasonló melegséget. Violet ezt hálás sóhajjal viszonozta. Egyikük sem szólalt meg, nem szerették volna megzavarni az éjszaka csendjét, és ezt a gyönyörű pillanatot. Ace már nem érezte többé azt a dermesztő hideget, ami az előbb még szinte a csontjáig hatolt. Helyette talált valami olyat, ami a lelkéig is elért. Visszagondolva eddigi életére, fogalma sem volt arról, mikor ölelt át utoljára bárkit. Azonban, ami ma történt a fiúval, feledtette vele a múlt sérelmeiből származó haragot és bosszúságot, hálája végtelennek érződött.

A fővárosban már javában készülnek az emberek a minden évben megrendezett Háromholdak ünnepségére. Ezen év még az előbbieknél is különlegesebb, mert a három hold nemcsak együtt látható, de mindegyik a teljes arculatát mutatja. Három tökéletes holdtölte. Nagyon ritka, évtizedenként aligha látható legalább egyszer. Ilyenkor megtisztítják, feldíszítik az utcákat. Zenészek és előadók mulattatják az embereket, kereskedők a világ minden tájáról próbálják eladni holmijaikat. Mondani sem kell, egy ilyen nagy esemény sosem zárul le minden probléma

nélkül. A Basiliscus itteni citadellájában egy magasrangú, ve-
zérlovag éppen a napi teendői után nézte az ünnepségre készülő
embereket, amikor váratlan, rossz hírt kapott.

– Kapitány! – rontott be az egyik őr a hírvivővel az oldalán. –
Megszökött! Nem tudjuk, hová tűnhetett...

– Lassabban, jó ember! – csitította le az ordibáló küldönc-
öt. – Kezdd újra!

– Foxhaven boszorkánya az, kapitány! Megszökött! – ismételte
meg, mire a lovag azt hitte, nem hall tisztán. Felállt a helyéről,
majd a hírvivő felé sétált.

– Azokat a lovagokat én magam ajánlottam az Eclain-i ve-
zérlovagnak. A legjobb embereim valamennyien. Megsérült
valaki? – kérdezte aggódva.

– Szerencsére senki. – felelte.

– Mi történt? Hogy lehet az, hogy egy állig felfegyverzett
zászlóalj elől el tud menekülni egy láncra vert rab?

– Nem tudni, kapitány! Senki sem látott semmit. Egyszer csak
mindent beborított egy fullasztó füstfelhő. Mire feleszméltek,
a boszorkány már sehol.

– Tehát így állunk. Keressétek fel az összes képzett alkimis-
tát! Nézzék meg, hátha valami nyomra bukkannak a füsttel
kapcsolatban! Érdekelne, mivel támadtak.

8. fejezet

A Háromholdak ünnepsége

A sárkánylovaglással töltött éjszaka után Ace rémálmai alább-
hagytak, hosszú ideje először tudott békésen aludni. Az élet-
kedv, ha csak egy kicsit is, de visszaszökött a szemeibe. Hálás
volt, hogy újra érezhette saját szíve melegét. Az idejét sem
tudta, mikor érzett ilyesmit utoljára. Violet közelsége feled-
tette a múlt sérelmeit vele. Ő volt az ok, amiért ismét megérte
számára élni.

Ace szerette volna, ha Violet nem csak őt, de a többi embert
is megismeri. Úgy érezte, szükség van rá, hisz elvégre Violet
csak őt ismeri, mint embert. A fiú pedig nem gondolta magát
egy tökéletes mintának a fajtársairól. Megkérte a tündért, hogy
jöjjön vele az idei Háromholdak ünnepségére és nézzenek körül
a legközelebbi faluban. Ő pedig, ha bár továbbra is ódzkodott az
erdőn kívüli világtól, a kíváncsisága mégis felülkerekedett ezen
a félelmen. A nap szépen lassan lenyugodni készült. Szerencsére
tiszta volt az idő, úgy tűnt, semmi nem zavarja majd meg a kilá-
tást a három, gyönyörű hold látványában. Ace tanácsára Violet
a kastélyban hagyta aranybrossát, persze nemigazán értette
miért. Amint az erdő határához értek, látható volt a falu és a
hatalmas, füves puszta mögötte. Violet mégis nyugtalanul a fák
mögött maradt. Ezt látván Ace kinyújtotta felé kezét.

– Ne félj. – mondta. – A kinti világ sokkal nagyobb és gyö-
nyörűbb, mint hinnéd.

A lány, bár továbbra is aggódó tekintettel, de megfogta Ace
kezét és ezzel érkezése óta először hagyta el az erdőség biztonságát.

Ahogy gyalogoltak a kitaposott földúton, a nap már félig le-
nyugodott, a parasztok visszavonultak otthonaikba. Egy árva
lélek sem mozgott az erdő körül. Kintről Violet számára pont
olyan fenségesnek látszott Farasil lombkoronája, mint amilyennek

belülről. A szántón kutyák és egy-két kóbor marhán kívül senki sem volt. Az erdő melletti hegyvonulat tekintetet parancsolóan húzódott végig a láthatáron, melyen a nap fénye megvilágította a Coronam-hegy havát.

Közeledve a faluhoz hallani lehetett a furulyák zenéjét, Aartal lakosainak vidám énekét. Jó volt látni, hogy még egy ilyen kis faluban is mennyi odaadással tisztelegnek az ünnepségnek. Violet arcáról is eltűnt a kezdeti félelem. Átvette a helyiek hangulatát és ő is mosolygott. Ezt örömmel nézte Ace. Sétájuk közben számtalan emberrel találkoztak, beszélgettek. Többségük kedvesen üdvözölte őket, mint látogatókat egy ennyire félreeső faluban. Némelyikük azt hitte, nemesek jöttek ide. Nos, ez nem volt véletlen. Violet különleges öltözéke meglehetősen figyelem tárgya volt, mikor másokkal beszélgettek. Voltak persze goromba alkatok is, sokan a bortól mámorosan viccelődtek velük. Szerencsére mindegyik ártatlannak mutatkozott.

Violet-nek szinte mindenen megakadt a tekintete. Számára idegen, emberi szokásokon, mások beszédmódján, a táncokon. Érthető is, hiszen egy tündérről beszélünk, aki most egy másik világ szemtanúja, ki ideérkezett, hogy megszemlélje az Aeren-i lakosokat. Úgy vett szemügyre mindent, akár egy kisgyerek. Szegény Ace-nek úgy kellett odafigyelnie rá minden egyes alkalommal, nehogy véletlenül elkallódjon. Jobbnak tartotta, ha folyamatosan szem előtt van Violet. Annak ellenére, hogy az emberek többsége nagyon nyugodtnak és hálásnak látszott, nem felejtette Ravenfeather városi tapasztalatait. Ez az éberség nem véletlenül jött. Már jó ideje észrevette, hogy néhány fiatal folyton ott van, ahol ők. Mindig a háttérben meghúzódva figyeltek. Zavarta, de nem szólt közbe. Érdekelte, vajon csak a képzelete játszik-e vele. Igyekezett úgy tenni, mint aki nem látja őket.

– Gyere, Ace! – szólalt meg Violet, azzal megragadta kezét.

– Csillapodj, Violet! – mondta értetlenkedve, miközben a lány a táncoló tömeg felé szaladt vele.

– Szeretném megmutatni, hogyan táncolunk mi odahaza, Tír na nÓg-ban! – mondta lelkesen. – követte őt. Zavarban volt, hisz nem tudott táncolni. Tudás hiányában pedig csak Violet-re támaszkodhatott. A tündér is igyekezett mindent elmondani neki, hogyan is szokás azt náluk.

– Ugye, hogy megy ez? – szólt Violet.

– Kissé túlbonyolíthattam. – felelte megnyugodva.

Violet tánca egyszerű, ugyanakkor látványos volt, olyannyira, hogy a közeli emberek felfigyeltek rá. Az éjszaka leszállt, a nap fénypontja pedig eljött, a Háromholdak képében. Mindhárom tökéletes holdtölte formában tetszelgett. Az emberek összegyűltek, egységesen énekelték Aeren himnuszát. Aeren-ben olyan tiszteletnek örvend az ünnepség, mint amilyennek a karácsony a Földön. Violet és Ace csendben hallgatták. Violet-et lenyűgözte az esemény. Hálás volt Ace-nek, hogy elhozta őt ide.

Ahogy sétáltak az utcákon, a fiúnak feltűnt valami. Azt hitte, csak képzeleg, mikor meglátott egy fekete ruhába öltözött, fehérköpenyes nőt az egyik utcasaroknál. Amint elhaladtak mellette, Ace meglátta az arcát a hosszú fekete haj mögött. Semmi kétség nem fűződött hozzá. Ugyanaz volt, akit nemrég Ravenfeather-ben látott, ahogy a Basiliscus boszorkányégetésre viszi. Violet-nek is feltűnt Ace fagyott tekintete.

– Ace? Jól vagy? – kérdezte.

– Semmi bajom. Csak... Mintha láttam volna egy ismerős arcot. – felelte Ace.

– *Kit is?* – jött elő a semmiből a kísérő.

– *Azt a nőt ott.*

– *Mi van vele?* – érdeklődött a hang.

– *Azon a napon, amikor elolvastam a levelet, reggel őt láttam vasra verve. A Basiliscus boszorkányság vádjával ki akarta végezni.*

– *Nocsak, nocsak. Kösz, hogy megosztottad velem. Rajta lesz a tekintetem.* – mondta Ace-nek. – *Hajjaj! Boszorkányság, feketemágia, átok. Miket ki nem találtok ti. Tudod, Ace, nekem nagyon úgy tűnik, hogy valami sunyiságon mesterkedik a Basiliscus Rend. Miféle vallás az, ami hazugságokkal etet mindenkit, hogy aztán a végén elvegyék pénzüket? Meg aztán holmi babonákra, istenekre támaszkodva embereket öljenek? A sajátjaikat. Talán már te is kitaláltad, de azért elmondom. Bármiben is hisznek a Basiliscus tagjai, az nem létezik. Miért? Mert egy isten nem parancsol senkinek. Csak ellátja a* feladatát, melyet időre való tekintet nélkül végez. Talán majd egyszer megérted, mit is jelent ez a szó. De nem az, amit bárki elképzelne. Legalábbis, nem az ember.

– Nem rád vall ez a komolyság. – jegyezte meg Ace.

– Hát most az vagyok.

A kísérő beszédén sokat gondolkozott a fiú. Mit akarnak elérni? Mi lehet a cselekedeteik mögött a szándék? Tán pénz, hatalom? Újfent rengeteg kérdés, megválaszolatlanul. Azonban, ami még jobban idegesítette, annak a négy embernek a látványa, akik most már egész biztos, hogy követték őket. Elmúlott a hangulat, amit a zene és az ünneplő népek látványa adott. Mikor az egyik láthatóan elnevette magát, miközben őket nézte, Ace úgy határozott, hogy itt az ideje lelépni.

Ace egy félreeső utcán akarta végigkísérni Violet-et. Próbálta lehagyni követőit. A sötétben döbbenten látták a szegény, nincstelen embereket. Ők voltak azok, akik a háromszázéves háború miatt földönfutókká váltak. Fájdalmas volt nézni, ahogy a hideg talajon feküdtek, patkányok és egyéb állatok társaságában. Violet elszörnyülködve látta, mi a különbség ember és ember közt. Hogy ez a világ nem kegyelmez a gyengének. Ace megállt Violet-tel, majd maga felé fordította lányt.

– Kérlek, ezt húzd fel magadra. – kérte Violet-től, de nem is várakozott, maga hajtotta Violet fejére a lány köpenyének csuklyáját, ami így teljesen elfedte az arcát.

– Ace. Neked remeg a kezed. – közölte vele halkan.

– Kérlek, bízz bennem! El kell tűnnünk innen. Nem mindenki olyan, mint én vagy te. – közölte vele a rossz hírt. De bármennyire is próbáltak nem feltűnni, a négy, korántsem ártalmatlan tekintetű fiú előjött az út másik végéből.

– Az ünnepély arra át van. – mondta gúnyosan, vigyorogva az elöl lévő vezéralkat.

– Mit akartok? – vetette eléjük a kérdést, komoly tekintettel. Bár ez inkább parancsnak hangzott, mintsem kérdésnek. Violet szinte rögtön mögé bújt.

– Hogy mi mit akarunk? Ti mit kerestek itt? Mi járatban errefelé? – kerülgette a tag a témát.

– *Ez ám a szorult helyzet.* – gondolta magában Ace. – Eljöttünk egy kicsit szórakozni. Baj?

– Ugyan, dehogy! Csak hát... Tudod. Mégis melyik nemes annyira bolond, hogy egy ilyen kis faluba ellátogasson? Távol a rivaldafénytől, a biztonságtól. – kérdezgette tovább, szinte már túlságosan is magabiztos tekintettel.

Pont olyan hangneme volt, mint akinek minden szava mögött van valami hátsószándék. Ace szinte azonnal felismerte a helyzetet. Volt benne tapasztalata, hisz sokáig úgy élt, mintha utcagyerek lenne.

– Látom, hoztál magaddal egy csinos kis spinét. – mondta az egyik.

– De szerencsés az ürge! Egy ilyen aranyos lánykával tölteni az estét! – szólalt meg a másik.

– *Nyugalom, Ace. Nyugalom.* – csillapítgatta magát. Eléggé nehezére esett, ő az a személy, akit könnyű kihozni a sodrából, főleg, ha olyanokról van szó, akik most előtte állnak. Bár ezt kívülről nem mutatta, belül lassan ismét ébredezett a harag, ami már évek óta lappangott benne. Ez volt az az érzés, melyet jobban ismert, mint bármi mást életében. Nem volt messze tőle, hogy elszakadjon az a képzeletbeli kötél, mely visszatartotta attól, hogy előbújjon belőle minden gyűlölete.

– Egy kis simogatás csak nem árthat, nemigaz? – mondta az elöl lévő, majd Violet felé nyúlt, aki ettől csak még inkább Ace mögé húzódott.

– Vidd innen a mocskos kezedet, te féreg! – szólt oda Ace. Most már ő sem bírta tovább. – Violet! Nézz mögém! – a lánynak sem kellett kétszer mondani, rögtön megfordult. Továbbra is a fiúnak támaszkodott, így Ace-nek nem kellett amiatt aggódni, hogy hátba támadja egy ötödik.

– Ügyes húzás. – jegyezte meg az elöl lévő, azzal a háta mögé nyúlt, amit rögön észrevett Ace.

– Őrség! – kiáltotta torkaszakadtából, amire szinte azonnal felfigyelt a fél falu.

Ezt meghallva a négy fiatal azonnal szétszéledt és elfutott. De nem Ace kiáltása volt, ami elijesztette őket. Szemei ismét vérvörösen izzottak, amit nem vett észre.

– Nem a szavadtól iszkoltak el. – jegyezte meg a kísérő.

– Jobb ötletem nem támadt. – felelte Ace. – Várj, tessék!

– Meg kell hagyni, közel volt. De még mindig nem. – mondta gondolkodva. – Sebaj: ami késik, nem múlik. Egyszer úgyis előjön. – Ezt meg hogy érted? – kérdezte meglepetten. – Majd rájössz. Magadtól. Felesleges visszatartani. Ne küzdj ellene! Minél többet teszed, annál nehezebb lesz! – szólította fel a hang Ace-t, majd eltűnt. Akárhányszor próbálta előhívni, a kísérő nem válaszolt.

Violet-et nagyon megrázta ez a váratlan eset. Nem is várhatunk el mást egy olyan ártatlan teremtéstől, mint ő. Ace könnyen éli ezt meg emberként, hisz van tapasztalata benne. Ugyanez viszont nem mondható el a lányról, ki egy tökéletes társadalom képviselője. Ahol az aljasság, a háborúk és az önpusztítás nem létező fogalmak. Ahol a szabadság, boldogság, elfogadás, a tisztelet és az erkölcs nemcsak puszta szavak, hanem kőbe vésett, valós érzelmek és tények. És mindez csak úgy szertefoszlott, mikor Violet idekerült. A világról alkotott képe teljesen megváltozott. Nem értette, hogy lehet az, hogy az egyik ember segít és szeret, a másik elutasít és eltapos. Ez a kettősség teljesen összezavarta.

Csendben sétáltak. Mikor a koromsötét, a kívülállóknak félelmetes Farasil erdejébe értek, Ace óvatosan megszólalt.

– Azt hiszem, tartozok egy bocsánatkéréssel, Violet. Nem szabadott volna elmennünk az ünnepségre. – lógatta orrát.

– Nem tartozol. – felelte váratlanul Violet. – Neked köszönhetem, hogy jobban megismertelek titeket. Hálás vagyok érte. Én jól éreztem magam. De nem értem. Miért vagy te ilyen, ők pedig olyanok?

– Nézd, Violet. Ez bonyolult. Mi, emberek nagyon különbözünk egymástól. Némelyikünk ilyen, a másik amolyan. Az, amit odakinn láttál, ékes példája a fajtámnak. Én sem tudom, miért van ez. Olyan sokszor tettem fel a kérdést magamnak. Sokat jártam az utcákat kicsiként, keresve a válaszokat a kérdéseimre. – magyarázkodott Ace.

– Igen, erre emlékszem, mikor a kastélyt kutatva beszélgettünk. – mondta.

– Jobbára egy kérdésemre sem kaptam értelmes magyarázatot. Beletörődtem a ténybe, hogy egy olyan világ tagja vagyok, ahova mintha nem is tartoznék. Felhagytam a kérdésekkel. Rájöttem, hogy csak az időmet fecsérlem velük. Helyettük inkább azokkal foglalkozom, akik kedvesek számomra.

– Hogy tudtok így fennmaradni? – kérdezte szomorú hangon.

– Tessék? – kérdezte értetlenül.

– Hogyan voltatok képesek fennmaradni úgy, hogy ennyi gonoszságot követtek el? A nézeteltéréseket erőszakkal, a hátrányos helyzetből úgy húzzátok ki magatok, hogy elferdítitek az igazságot. – sorolgatta a lány.

– Már értem, mire célzol. Az utóbbit hazugságnak hívják. Az egész világom ebből áll, mégis valahogyan működik. Én sem tudom, hogyan. Mikor eljöttem ide, nem számítottam semmire. Persze, jó volt világot látni, utazni, meg minden. De míg meg nem ismertelek, addig én azért jöttem ide, hogy véget vessek az egyébként is szánalmas életemnek. – Ace szemében könnyek jelentek meg. – Senki sem látta volna. Akkor elegem volt mindenből és mindenkiből. Egyszerűen utálom azt, hogy egy olyan faj tagja vagyok, ahova én nem tartozom. Akár egy idegen. Azt hiszem, soha nem tudok elég hálás lenni annak, hogy akkor ott voltál velem. – mondta lassan, sajnáló hangon, miközben néha felnézett a Háromholdakhoz.

– És te? Hogyan élted túl?

– Fogalmam sincs. – válaszolta. – Próbáltam beleélni magam a mesékbe, amiket gyerekként olvastam. A sok szép dologba, melyekből egyikben sem volt részem.

Violet nem szólalt meg, csendesen végighallgatta Ace-t. Kezdte megérteni, miért olyan hálás Ace minden kis apró pillanatért azt életben. Ironikus, hogy hozzá hasonlóan Ace is idegen ebben a világban, de vele ellentétben ő tényleg nem ide tartozik.

– Ace, kérlek lélegezz mélyeket. – tette rá kezét Ace vállára. – Megint olyan volt a szemed.

– Már megint. – mondta szomorúan, miközben egyik tenyerével a fél szemét fogta.

9. fejezet

A szakadék szélén

A háromnapos visszaút első napja végén Ace egy kisebb szikla és egy tölgyfa tövében talált menedéket Baron-nel az éjszakai ismeretlen elől. Ilyenkor gyakran mélyen elmereng magában múltjáról és jelenéről. Na, de arról, hogy mit hoz a jövő? Abba még ő sem gondol bele. Csak várja és szemléli az eljövendőt. Legalább a Szélpenge kitűnő segítséget nyújt neki, ha tüzelőről van szó. A könyvnek a kastélyban még csak nyoma sem, hát üres kézzel és lógó orral, de vissza kell térnie Ravenfeather-be, hogy közölhesse nagyapjával, Marcus-szal a hírt. Reménykedik benne, hogy ketten valamilyen nyomra bukkanhatnak. A Nap már felkelt, ő pedig lassan eléri Aeren Királyság keleti határát. Ez volt a két ország, Aeren és Eclain ezerötszázéves határvonala. Amióta csak véget ért a háromszázéves háború, az átkelés mindkét fél lakosainak szabad. Nincs őr, aki megállítaná a vándorokat. Ez kedvez Ace-nek.

– *Nem értem. Mit értesz azalatt, hogy nem úgy, ahogy mi elképzeljük? Csak nem te is egy istenség vagy?* – gondolkozott Ace a tegnap esti beszélgetéséről a kísérőjével.

– *Ne nevezz engem így!* – kapta fel a vizet. – *Utoljára mondom, hogy ti egyáltalán nem értitek ezt. Az istennek, mint szónak, nincs értelme, mert nem ír le minket. Az emberek azt hívják istennek, amit nem érthetnek. Elmondok valamit.* – majd belekezdett a történetmesélésbe. – *Volt olyan korszak, mikor ti még barlangokban aludtatok és köveket csapkodtatok egymásnak. Még csak ki sem volt fejlődve teljesen a beszélőkétek. Mindentől elbújtatok, ami új volt számotokra. Villámtól, katasztrófáktól, és még sorolhatnám. Nem ismertétek őket, nem tudtátok leírni. Így hát azokat magasabb rendű „istenekként" neveztétek el. Később kitaláltatok mindenfélét belőlük. Itt ragadtatok le. Minden, amit istenként írtok le, az nem létezik, mert* maga a szó is csak azért létezik, hogy nevet adjatok annak, amit nem ismertek. Így már érthető?

– Tehát, nem isten. De akkor te ki vagy? – kérdezte egyre nagyobb érdeklődéssel.

– Nem hibáztatlak. Te is csak ember vagy. Messze vagytok attól, hogy megértsetek. De talán segíthetek valahogy. – majd kitalált valamit. – Képzelj el egy tudatot. Nincs lelke, sem neme. Még teste sincs, ha nem akar.

– Nem lehet fiú és nem lehet lány? – kérdezett vissza meghökkenve. – Az hogy lehet?

– Tedd hozzá azt is, hogy nincs beleszólása a ti világotok működésébe. Azért nincs, mert egy külön világba tartozunk, ahol a dolgok máshogy működnek. Ez azt is jelenti, hogy nincs erőnk nálatok. Van egy feladatunk és kész. Mi nem úgy gondolkozunk, mint bármilyen élőlény.

– De akkor hogy vagytok hatással a mi világunkra?

– Én sem ismerek mindenkit. Annyit elmondhatok, hogy az én munkám a halálotok után van. – válaszolta titkolózva.

Ha valami, hát ez újfent összezavarta Ace-t. Felkavarta a vizet, ami ha lenyugszik, egy új képet alkot a fiú elméjében. A sok kis elem szétszakad és újból összeáll, ezzel egy más személyiséget adva az embernek. Csak rajta múlik, hogyan rakja össze a darabokat. Helyesen, vagy rosszul. Az is lehet, egyik sem. Ez bizony nehéz kérdés. Egyiknek helyes, másnak nem. A kísérő pedig igyekszik jól előadni a fiúnak saját léte magyarázatát. Ace-nek szüksége lesz rá, ha meg akarja érteni saját erejét, melyet Cornelius-tól kapott, mikor elolvasta levelét.

Violet nem jött Ace-szel Ravenfeather-be. Túlságosan sok volt neki a tegnapelőtti incidens. Nem lehet hibáztatni érte, szegényt még jóformán sosem érte ilyesfajta fenyegetés. Most a Corvinus-kastély udvarában várja az egyetlen embert, akiben megbízik. Sokat gondolkozott el azon, vajon mi okozhatja Ace szemszínének változását időnként. Ha valaki mágiát használ, a szeme elkezd fényleni, ragyogni saját színében. Ace esetében viszont ez nem így volt. Neki smaragdzöld szeme volt, mégis mikor a nyilakat mutogatta neki Violet, akkor hirtelen egy vészjósló, vérvörös színt vett fel, melynek látványa megrémítette. Ugyanez mutatkozott meg, mikor a Háromholdak ünnepségén Ace megvédte attól a pár idegentől.

Mielőtt felkiáltott volna, Ace szeme ismét vérvörössé változott, olyannyira, hogy képes lett volna kiszúrni akár az éjszakai erdő mélyéről is. Ilyen mértékű fényesség akár azt is jelentheti, hogy a fiúban valami sokkal nagyobb erő szunnyad, mint bárkiben, akivel eddig találkozott.

– Szép napot! – szalutált az egyik lovag Aeren fővárosában.

– Jó reggelt! – köszöntötte a Basiliscus Risinium-i citadellájának várkapitánya, egyben Aeren vezérlovagja is. – Van valami hír? A Ravenfeather városban történt incidensre gondolok.

– A város főterén mindenütt lerakódott valami kékeszöld anyag. A házak falától a talajig. Gyanítják, ez a füstből maradt meg.

– Sikerült kideríteniük, mit használtak?

– Még nem érkezett levél erről, ez a legfrissebb eddig.

– Úgy értem, ki tudják-e találni, miből állt az a fegyver? – kérdezte érdeklődve.

– Kapitány, én nem értek az alkímiához. – közölte tisztelettudóan.

– Pedig egész érdekes tudomány. Mindegy. Ha csak ennyi, akkor hagyj magamra.

– Várjon, kérem. – szólt közbe.

– Térj gyorsan a tárgyra, mert ma találkoznom kell az Eclain-i vezérlovaggal.

– A napokban megszámolták a lakosságot a városban. Hárman hiányoznak. Az utolsó levélben ez áll.

– Ó, valóban? Pedig lezárták Ravenfeather-t, nem igaz?

– Tudja, kapitány, az ilyen kisvárosokban nem a legmegbízhatóbb a csendőrség. – mondta sajnálkozva a lovag.

– Miért is nem vagyok meglepve? – kérdezte magától a vezérlovag. – Na halljuk, kik voltak azok?

– Az egyik egy testvérpár voltak. A Blackwell fivérek. Eric és Jacob Blackwell. Illetve, egy fiú, név szerint Ace Marlow.

– A ki?! – lepődött meg hirtelen. – Ezt ismételd meg!

– Ace Marlow. Szabad megkérdeznem, mi a baj? – kérdezte, érdeklődve a lovag. – Esetleg ismerted?

– Jobban, mint gondolnád. – közölte halkan, mintha csak magában beszélne.

Farasil erdejébe néhány váratlan látogató tette be a lábát. Úgy látszik, néhányan mégis túllátnak a babonákon és a mendemondákon. Bátor vállalkozás, mert ezt a rengeteget évszázadok óta senki sem látta. Emiatt pedig semmilyen térkép nem áll rendelkezésükre. Vakon mászkálnak, remélve, hogy egy számszeríj megvédi őket az erdő ragadozó fenevadaitól.

– A fenébe veled és az őrült ötleteiddel! – ordibált egyik a másiknak.

– Egy ilyen lehetőséget nem hagyok veszni! Majd megérted, ha felnősz. – csitította a legidősebb tag.

– Te nem láttad a szemét annak a beteg állatnak?!

– És? Hol van most az a balek, hogy megvédje?

– Honnan vagy olyan biztos benne, hogy eltávozott?

– Láttam, ahogy ellovagol innen. Valamerre Keletre ment. Az Eclain-i határ felé.

– Csend legyen már, barmok! – szólt közbe a legidősebbik. – Csapjatok még nagyobb lármát és felveritek az egész erdőt! Csak bejövünk és kijövünk, ennyi! Azért a fruskáért egy vagyont adnak, főleg, ha valami nemes.

– Nemes, mi? Persze. Mit keresne itt egy undorító nemes? – ellenkezett a számszeríjas.

– Azt hiszed, érdekel? Maradunk a tervnél. Most pedig csend legyen! – intett mindenki némaságra a legidősebbik.

Ahogy a határvonalat átlépte Ace, a kísérője olyan hirtelenséggel jött elő a semmiből, hogy még ő is lefehéredett ijedtében. Minden köszönés, vagy megjegyzés nélkül. De az üzenete, az a fiú minden rémálmát felülmúlta.

– *Ace! A fenébe veled és a hülyeségeddel együtt, azonnal fordulj vissza!* – ordibálta a hang.

Ace ijedtében nem kérdezett, szinte rögtön, lovát karéjozva fordult sarkon és vágtatott minden erejéből a másik irányba. Vissza a kastély felé. Pont úgy érezte magát, mint aki egy visszafordíthatatlan hibát követett el, saját akaratán kívül. Még lován ülve is úgy zihált, mintha ő futna és nem Baron. Habár fogalma sem volt, mi történik, szinte tudta, hogy az elkövetkezendő napokat nem ússza meg bocsánatkérés nélkül.

– *Ezt nem hiszem el! Bármi is legyen, nem tudok odaérni időben! Nem, Nem, Nem!* –gondolta magában Ace, egyre kétségbeesettebben. A félelemtől már nem látott tisztán. Kezei remegtek, szíve egyre erősebben vert. Ez inkább volt pánik, mintsem cselekvőképesség. A határvonaltól a kastély még legalább két napi távolság.

Violet szokásos körútját tette Farasil erdejében. Ez nála egy mindennapos rutin volt. Ilyenkor felderít, gondolkozik, állatoknak segít, ha kell. Egyszercsak léptekre lesz figyelmes. Csak fülelt és fülelt. Míg nem emberek kerülnek elő fák közül, látszólag fáradtan és idegesen. Megrémülve látta: ezek ugyanazok, mint akikkel két nappal ezelőtt futottak össze. Hozzájuk csatlakozott egy náluk jóval idősebb tag is. Ő volt a vezéralkat. Amint meglátták Violet-et, íjpuskájukat rászegezték, miközben a csapat fele még mindig a térdüket fogva kapkodták a levegőt.

– Állj! Meg ne mozdulj! – kiáltott oda Violet-nek a számszeríjas. – Épp eleget koslattunk utánad!

– De megérte, nemigaz? – szólalt meg a másik.

– Hé, Látjátok, amit én látok? Egy vár van amott! – hívta fel a többiek figyelmét a számszeríjas.

– A nemjóját! Szóval ezért van ez itt. Attól tartok, királyi vendégségben lehet részünk! – mondta az idősebbik.

– Az már egyszer igaz! Na, de térjünk a tárgyra. Mennyi?

– Ha jól keverjük a kártyákat, akár kétszázat is adnak érte. – felelte a vezetőjük.

– Egy vagyon!

– Lassan a testtel! Azért én még ellenőrizném az árut. – azzal elkezdett közeledni felé az egyik.

Violet óvatosan, szinte milliméterenként araszolt hátrafelé. Egész testét nehéznek érezte. Feje lüktetett, akárcsak a szíve, amely mintha ki akart volna törni a helyéről. Fogai vacogtak, úgy érezte, mindjárt elájul. Rettegése talán minden tündértársát felülmúlta. Még soha nem kívánta ennyire, hogy valaminek legyen vége. Meg sem mert szólalni.

– Miért történik ez? Én... Én mi rosszat tettem? Ace! Hol vagy? Segítsetek! – hebegte magában.

– Nem halljátok ezt? – nézett körbe a számszeríjat viselő.

– Micsodát? – kérdezett vissza, aki Violet felé sétált.

A talaj megremegett. Az erdő elnémult. Varjak és hollók gyűltek az ágakon. Mintha lélegzetvétel és morgás hallatszódna a háttérben. A támadók ide-oda fordították tekintetüket. Karmos, egyike az erdők legrettegettebb fenevadainak, éppen feléjük rohant annak teljes erejével. Még Violet is megijedt, sosem látott még medvét ilyen haraggal. A legádázabb harcos is megrettenne egy felé rohanó, féltonnás barnamedvétől. A két fél, Violet és a támadói közé szaladt, majd hangos üvöltésekkel tartotta őket távol a gazdájától.

Kep_9

– Ez meg mi a pokol?! – mondta ijedtében az egyik.

– Ez... Védi?! – kérdezte magától a vezéralkat. Mindenkinek tátva maradt a szája a medve cselekedete láttán.

– Mit várakozol?! Lőj már!! – üvöltötték a többiek.

– Nehogy rálőj, te idióta!...

De már késő volt. A számszeríjas, nem látva pániktól, egy nyilat eresztett a medvébe, mely a vállát találta el. Ez volt talán a legostobább tett, amit ember elkövethet, mikor egy felbőszült ragadozóval áll szemben. A medvéből minden türelem elszállt egy szempillantás alatt. Bármi is tartotta eddig vissza attól, hogy nekik rontson, az azzal a lövéssel megszűnt. Jajveszékelés, ordibálás, könyörgés fület és moralitást nem kímélő hangja töltötte meg az erdőt. Mintha a pokol minden haragjának megtestesítője lett volna, a medve sírással, könyörgéssel nem törődve sújtott le rájuk. Nem ismerte a megbocsátást, az irgalmat. A kegyelem legapróbb jelét sem mutatta gazdája védelmének árnyékában. Véres düh és megtörhetetlen akarat érződőtt minden mozzanatában, minden csapásában. Tisztán látszódott, nem is egyszerű védelmezés, nem táplálék motiválta az állatot. Hangjával és mozdulataival, mancsa csapásával és éktelen üvöltésével mintha az emberiségnek üzent volna. A lány térdre borulva figyelte, ahogy a féktelen gyűlölet testet ölt maga előtt.

– Elég... Elég legyen. – motyogta magában, ahogy a medve előtte tépte szét mind az öt támadót. Patakokban folyt vér, a vétkesből áldozat lett, a szemekből elszállt az élet, a szájakból az utolsó lélegzet. Az erdő zöld és barna talaja vörösre változott. Minden olyan néma volt. A tündér nem mozdult, nem szólalt meg. Térden ülve nézte, amit a legszörnyűbb és legrútabb rémálmaiban sem láthatott. Arca kifejezéstelenné vált. Fejét kissé lehajtotta. A medve odament hozzá, szomorú brummogásokkal próbálta vigasztalni. Orrán és száján még mindig ott volt az áldozatainak vére, azzal bökdöste a lány vállát és fejét, olyan óvatosan és gyengéden, ahogyan egy medve képes volt rá.

Ace eszeveszett tempóban vágtatott Farasil erdeje felé, nem törődve senkivel körülötte. Az utóbbi két napot semmi mással nem töltötte, csak félelemmel. A fenyvesbe érve különös csendre lett figyelmes. Nem hallotta a madarak csiripelését, őzek, szarvasok hangját. Helyette a varjak halk károgását. Furcsa, szinte megmagyarázhatatlan nyugalmatlanságot árasztott magából az erdő. Leginkább egy elhagyatott csatamezőhöz tudnám hasonlítani az ott uralkodó légkört. Hamarosan megpillantotta az egyik útba eső tisztáshoz érve, mit is talált olyan zavarónak. Valóságos rémkép. Öt test hever szanaszét, mindegyiket kegyetlenül széttépték. Fekete madarak lepik el őket. Ace-nek felfordult a gyomra. A látvány még azt is elfelejttette vele, hogy mit is keres itt. Odaszaladt és elhessegette a varjakat, így láthatóvá vált számára rút valóság, hogyan is végzi az, akit elhagyta szerencséje. Egyszerre akarta megvizsgálni őket és nem is. Felvillant előtte a kérdés, mit fog reagálni, hogyha köztük lesz Violet? Vajon mitévő legyen akkor? Mi lesz vele, ha az egyetlen személy, aki visszatarthatja a rövidebbik út hívogató sötétjétől, ott fog heverni köztük? De nem ez történt. Ez öt férfi teste volt. Egymástól nagyobb távolságokra. Négyet felismert, ők követték őket az ünnepségen. Egy ötödik, nála jóval idősebb. Az ő arca szinte a felismerhetetlenségig szét volt marcangolva. Kettő közülük még Ace-től is fiatalabb, gyerekek voltak.

– Mire vetemedtetek, ti eszement őrültek? – kérdezte tőlük Ace, holttestük előtt térdelve. Azt gondolta, bármit is tettek, a következmények magukért beszélnek, de valahogy mégis, egyáltalán nem tudta őket sajnálni. Úgy érezte, mintha ő is egy lenne az égen szálló varjak közül, kik csak azért vannak itt, hogy elvigyék, ami nekik kell. – Mire volt ez jó?! Bejöttetek az oroszlán barlangjába és ez lett a vége. Most itt állok felettetek, és nézem, ahogy a varjak elviszik a szemeitek. – nem tudta tovább elnézni ezt a förtelmes helyet. Eszébe jutott, hogy van valami olyan, amely most fontosabb számára. Felpattant hát lovára és ismét célba vette a kastélyt.

Szíve egyre hevesebben vert, ahogy elérte a Corvinus-kastély falait. Szinte már imádkozva lépett be és futkosott fel-alá az emeletek közt. Akárhányszor is hívta a lányt, egy árva hang sem válaszolt. Bárhol is kereste, sehol se látta. Majd egyszercsak, az egyik emeleten megpillantotta a tündért. Az egyik rejtettebb szoba sarkában volt, a falnak támaszkodva ült. Térdeit magához karolta, haja az arcába lógott. Egy árva szót sem szólt, valószínűleg észre sem vette Ace-t.

– Violet, jól vagy? – kérdezte, aggódva. Lassan közelített felé. Semmi válasz. Odament hozzá, leguggolt elé. Enyhén megrázta a kezét, mely továbbra is a térdén pihent. – Violet. – mondta halkan. Ismét nem válaszolt a lány. Egy ideig csak nézte Violet-et, várva, hogy valamit válaszoljon. Félt attól, mi lesz a következő dolog, ami megtörténik. Miután összeszedte bátorságát, félrehúzta a lány haját, hogy láthassa. Kezét Violet állára tette, hogy kissé feljebb emelje és megtartsa. Abban a pillanatban megfagyott a vér Ace ereiben. Amit látott, az olyannyira megrémisztette, hogy könnyek gyűltek szemében. Ugyanaz a rémséges látvány, melyet azon a reggelen látott, mikor a boszorkányt látta ketrecben, vasban. Violet arca élettelenül bámult előre, mintha még a fiún is átnézne. Gyönyörű, élénk ibolya színű szemei teljesen sötétlilák voltak. Ekkor a tündér váratlanul megszólalt.

– Szia, Ace. – mondta alig halhatóan. Hangja fáradt és megtört volt.

A fiú leült a tündér mellé közvetlenül. Nem értette, miért kellett neki mindezen átmennie. Ugyanakkor magát is hibásnak érezte. – Violet. Kérlek, mondd el, mi történt. – kérdezte óvatosan. – Tudod… Minden olyan piros volt. – mondta Violet. Egyszerűen nem volt hangszíne.

Ace saját könnyeit sem tudta visszatartani ennek hallatán. Megfordult és szorosan magához ölelte a lányt. Kis idő múlva ő is átkarolta, erőtlenül. A fiú még a ruháján keresztül is érezte, mennyire hideg volt a lány keze.

– Köszönöm, hogy eljöttél. – mondta hálásan, majd fejét Ace vállára fektetve, lassan alámerült az álmok világába.

Ace még sokáig tartotta karjai közt Violet-et. Miután befejezte a harcot a könnyeivel, felemelte a lányt és óvatosan a szobájába vitte, majd lefektette az ágyára. Letérdelt mellé és egyik kezét fogva ott várakozott mellette. Ekkor megfogalmazódott benne valami. – *Soha többé nem akarom így látni*. – mondta magában.

Teltek a percek, majd az órák. A nap leszállt, Ace még mindig próbálta nyitva tartani szemét. Két kezével azóta is a lány kezét fogta. Ő maga sem vette észre, de szép lassan ő is mély álomba szenderült.

10. fejezet

Bujdosók az erdőben

Violet-et nehéz volt a történtekről kérdezgetni. Erdei sétáik során Ace próbálta valahogy jobb kedvre deríteni, de a lány csak hümmögve válaszolt kérdéseire. Nézett maga elé, lógatta az orrát. Szörnyen hibásnak érezte magát a fiú. Éppen az erdő körtavánál cammogtak, szorosan egymás mellett, mivel Violet azóta sem engedte el Ace kezét. Ace persze szívesen fogta a kezét, de ugyanakkor nagyon aggódott amiatt, hogy talán soha nem lesz már olyan a lány, amilyen lehetett érkezése előtt. Volt úgy, hogy hosszú órákon keresztül nem is beszéltek egymáshoz. Hálásak voltak már azért a kis csendért is, amit még az a kevés szellő sem zavart meg. Furcsamód, mintha az állatok is együttéreznének Violet-el. A madarak nem csiripelnek, ahogy szoktak, varjú nem károg. Akár egy emléknapon, mikor az emberek összegyűlnek, hogy leróják tiszteletüket az elhunyt személy előtt. Gyakran leültek kedvenc tölgyfájuk alá. Egyikük se tudta, mit szólhatna a másikhoz. Néha nem is volt rá szükség, elég volt csak egymásra nézni, ebből értették, mit érez a másik.

Már kis híján beesteledett, a tó csak egy nagy feketeség, a fák lassan nyugovóra térnek, ahogyan az állatok is rajtuk. Lassan nekik is be kellene menni a kastélyba, nehogy a tó melletti hideg, ami egyre csak nőtt, hazavágja az egészségüket. Egy valami azonban nem illik a képbe. Egy nem várt nyávogás felkelti Ace és Violet figyelmét. Észre sem vették, ahogy egy macska odasettenkedett hozzájuk. Ezen kedves köszöntést rögtön dörgölőzéssel és dorombolással folytatta, majd Violet oldalára feküdt. Fekete, akár a szén. Szemei narancsszínűek voltak. Hirtelen Ace nem is tudta, hogy vajon csak a képzelete játszik-e vele, vagy sem. Nem is lett volna meglepve ennyi minden után. De nem, nem álom volt. Valóban egy fekete színű cicát látott, ahogy Violet-nél fekszik, kényelmesen. A tündér is kissé meglepődött ezen a különleges eseten, hisz ilyen színű macskát nem látni erdőben. Errefelé csak hiúzok és vadmacskák találhatóak. Azoknak pedig ugye szürkésbarna szőrük van. Ace próbálta kézbe venni, de Violet továbbra sem engedte el kezét. Maradt hát a nézegetés, a kíváncsiskodás, mit is kereshet ez a furmányos ragadozó itt. A mély dorombolás mindkettejük számára nyugtatóan hatott, akár a gyertya a sötétben.

– Hát te meg mit keresel itt? – kérdezte Ace a macskától, mosolyogva. A hangja fáradtnak és meggyötörtnek hallatszott. Mint mikor valaki leül egy csendes helyre a háború zaja elől.

– Milyen gyönyörű. – tette hozzá Violet. Neki sem volt különb a hangja.

Kis idő múlva a szőrpamacs ismét felállt a helyéről. Mintha csak az utat mutatná, nyávogott és a lábát emelgette az egyik irányba, ami mélyen a sötétbe vezetett. Ace erre felkelt a fa mellől, majd szép lassan elkezdte követni. A lány is követte őt, bár nagyon lassan, két kézzel fogva a fiút.

Csak meneteltek és meneteltek a sötét erdőben. Alig lehetett látni. A holdak lassan előjöttek a fellegek mögül, és beszűrődött fényük a lombok alá, segítségül szolgálva az éjszakai csatangolóknak. Baglyok huhogtak, a tó partjáról odahallatszódott a békák brekegése, és a tücsök ciripelése. Már eltelt egy kis idő, a macska türelmesen vezette őket az ismeretlenbe. Ők maguk ugyan nem tudták, hová is mennek, de ebben az állapotukban nem számított. Hálásak voltak azért, hogy valami érdekeset és szokatlant tapasztalnak. Ettől függetlenül az is igaz, hogy egy mécsesnek nagyon örültek volna. Szerencsére, ilyen sok eltöltött idő az erdő sötétjében, az ő szemük igencsak hozzászokott az itteni körülményekhez. De alkalmazkodás ide vagy oda, tündér vagy ember, a fekete macska a sötétben mindenhogy nehezen látható. Olyan ez, mint mikor a feketét kell elkülöníteni a sötétkéktől és a szürkétől. Lassacskán már a varjakat is lehetett hallani, ahogyan egymásnak kárognak. Olyannyira letértek a megszokott területről, hogy csak reménykedtek benne, hogy nem vesznek el. Mindenfelől különféle, állati hangok jöttek. Mintha csak énekelnének nekik. A lágy zaj, amit keltettek, még az éjszaka hidegétől is megóvta szívüket és lelküket. Persze ehhez egymás közelsége is rásegített.

Még a medve is megirigyelte volna az ő lassú cammogásukat, hisz nem igyekeztek, vagy mentek gyorsabban. Az ilyen pillanatokat addig őrizték, ameddig csak tudták. Már talán egy órája is gyalogolhattak megállás nélkül, míg Ace ki nem szúrt egy apró, sárga fényt, ami épp csak pislákolt a fák között. Tábortűz lenne? Esetleg egy hasonló helyzetű, éjszakai barangoló, mint ők?

– Nézd! – mutatott Ace a gyenge fényre.

Violet eddig nem is vette észre, mert egész idáig a földet bámulta, ahogy jöttek. Egy darabig nem tudták biztosan, mi az. De amint közelebb értek, világossá vált: tábortűz. Úgy tűnik, a másfélmillió hektáros erdőben bárki megszállhat anélkül, hogy észrevennék. Különös, a macska is pont ide vezette őket.

A táborozók nem úgy néztek ki, mint egyszerű emberek. Legalábbis a hosszú, fekete köpenyek és az úgyszintén fekete ruhájuk nem erről árulkodott. Szinte alig látszódtak. Különféle felszerelések és egyéb más tárgyak voltak az oldalukon. Inkább tolvajoknak tűntek. Azok közül is a profibbaknak. Folyamatosan egy nevet hívtak. Nem kántálásnak, vagy imának tűnt. Sokkal inkább olyan volt, mintha valakit elvesztettek volna és most keresik. A következő pillanatban az eddig kényelmesen, Violet lába mellett ülő macska hirtelen nyávogott egyet. Ezzel elárulta a helyzetüket. Úgy látszik, az ő nevére válaszolt. Nem is kellett mégegyszer nyávognia, a fekete ruhás alakoknak kétségkívül jó fülük volt.

– Szellem! Hol kóboroltál idáig? Már azt hittem, elvesztél! – szaladt oda hozzá. Annyira az állatra koncentrált, hogy észre sem vette Violet-et és Ace-t.

– Üdv! – köszöntötte őket Ace, amitől mindenki ijedten állt fel a helyéről és néztek farkasszemet egymással.

– Nem megmondtam, hogy menjünk messzebb?! – mondta az egyikük.

– Nézzétek, mi nem akarunk bajt! – tette fel kezét Ace, mutatva, hogy nincs nála fegyver. Violet csak várta csendben a helyzet kibontakozását.

– Mit csináltatok Szellemmel?! – kérdezte mérgesen az elöl lévő, női hang. Arca nem látszott a fejére húzott csuklyától.

– A macskára gondolsz? – kérdezte óvatosan a fiú.

– Mi' csináltatok vele?!

– Mi semmit. – próbálta lecsillapítani a fiú. – Egy kicsivel odébb találtuk. Sokkal inkább ő talált meg minket. Idevezetett.

– Miből gondolod, hogy ezt el is hiszem?! – ellenkezett a női hang.

– Hogy találtunk volna ide másképp? – érvelt. Violet, akárcsak a Háromholdak ünnepségén tapasztalt incidenskor, megint mögé bújt. – Erre semmi szükség! Láthatjátok, nincs fegyverünk, ti pedig létszámfölényben vagytok! – Hasonló volt a helyzet, mint amit egyik szeretett könyvében olvasott. Nem csoda, tulajdonképpen onnan idézte az utóbbi mondatát.

– Jól pörög a nyelved, nem kétséges. – jegyezte meg. – Igazából mi vagyunk azok, akiknek nem kéne itt lennie. Már jóval előbb is megláttunk titeket, de nem akartunk zavarni. Mi csak próbálunk életben maradni. – mondta a női hang. Észrevehetően megváltozott a beszéde. Innentől kezdve nem is tűntek fenyegetésnek, azonban Ace még mindig figyelemmel kísérte mozdulataikat.

– Szerintem jó lenne inkább elölről kezdeni ezt. – vetette fel Ace a lehetőséget.

– Te?... – mondta az elöl lévő alak, zavartan. Olyan hangja volt hirtelen, mint aki csodát látott. Nem Ace-t nézte, hanem Violet-et. Legalábbis, a fiúnak úgy látszott, mert az alak oldalra biccentette a fejét.

– Valami baj van? – kérdezte meglepve Ace.

– Sosem hittem volna... Álmaimban sem. – Teljesen elállt a szava. – Hogy ezt én még megélem.

Ace egyáltalán nem tudott rájönni, mire gondolhatott vajon. Egy szempillantás alatt olyan ártatlan hangja lett, akár az igazságkereső ember, aki rájött élete legnagyobb rejtélyére. Mintha egy álom vált volna valóra előtte.

– Mi baj van, nővérem? – kérdezte hátulról egy sokkal fiatalabb lány.

– Mindenki nyugodjon meg, kérem! – eszmélt fel újra az elöl álló. – Igazad van, ismételjük meg az ismerkedést. – mondta Acenek. Majd kezével a tűzre mutatva, meghívta őket a körükbe. Még eltelt néhány csendes perc köztük. Egymást fürkészték, várva, hogy ki töri meg a hallgatást. –Talán mutatkozzunk be. – mondta Ace. – Az én nevem Ace Corvinus. Ő itt mellettem Violet.

– Le a csuklyát, testvéreim! – mondta társainak egy férfihang. Levették hát az arcuk elfedésére alkalmas ruhadarabot, szinte egyszerre. Ace rögtön felismerte a női hang birtokosát. Nem más volt, mint akit a Háromholdak Ünnepségén látott. Ő volt a ketrecben láncokban. Arca nem sokat változott azóta. Ugyanúgy látszott rajta a megviseltség, a szomorú tekintet.

– Az enyém pedig Samara Blackwell. – mutatkozott be nyugodtan.

– Jacob Blackwell.

– Eric Blackwell. – köszöntek az ikertestvérek.

– Avalon Blackwell-nek hívnak. – mondta a legfiatalabbik lány.

Négyen voltak testvérek. Hosszú, fekete hajuk volt és smaragdzöld szemük. Majdnem olyan, mint Ace szeme. Avalonnak be volt fonva a haja, míg nővérének, Samara-nak nem. A fivéreknek nem sokban különbözött egymásétól. Rövidebb, de kissé ápolatlan. Bár igaz, egy erdőben nemigen akad lehetőség az ilyesfajta szépítkezésre.

– Ti testvérek vagytok? – kérdezte Ace.

– Azok vagyunk. – felelte jókedvvel Jacob.

– Szóval, mióta vagytok itt? – jött a következő kérdés.

– Avalon már régóta. – mondta Samara. – Két fivérem és én csak néhány napja. Kiüldöztek minket szeretett falvunkból, Foxhaven-ből. Úgy látszik, míg Basiliscus van, addig sosem alhatunk nyugodtan.

– Miért, mit tettetek? – kérdezte érdeklődve. Habár, sejtette, mi is áll a dolgok mögött.

– Semmit nem tettek. Ők boszorkányok. – szólalt meg halkan Violet, hosszas hallgatás után.

– Nem is vártam kevesebbet. – mondta hálásan Samara.

– Nővérem, ez még bajba sodorhat. – aggódott Avalon.

– Nyugalom, nem fog. – mondta magabiztosan Samara.

– Honnan lehetsz ebben annyira biztos?

– Hát nem látjátok? Nézzétek a szeme színét. Egy kicsivel nagyobbak is, mint a mieink. A különleges öltözéke, a hajstílusa. – sorolgatta.

– Na ne! – szólt meglepődötten a négy testvér.

– De bizony. – vágta rá Samara. – Violet egy tündér. – jelentette ki boldogan.

Ennek hallatán az ikertestvérek, illetve Avalon is felkeltek a helyükről, majd hangos éljenzésbe és fütyülésbe kezdtek. Eric és Jacob egy kisebb táncot jártak el, tapsolással tarkítva. Hamarosan ezt egy körtánc kísérte a tűz körül.

– Na, most már csillapodjatok! – mondta nevetve Samara.

– Mire ez a hirtelen ünneplés? – kérdezte mosolyogva, bár értetlenül Ace.

– Csak az, hogy senki a boszorkányok közül nem látott tündért már vagy évszázadok óta. – felelte Samara. – Bocsásd a testvéreimnek, régen ért már minket utoljára ilyen öröm.

– Megértem. – mondta Ace. – Azt mondtad, Avalon már régóta itt van. Vagyis ez az erdő egy régi búvóhely boszorkányoknak? – A kérdés hallatán Samara-nak a lélegzete is elállt.

– Ugye nem vagy egy gondolatrabló varázsló? – kérdezte gyanakodva.

– A micsoda? – kérdezett vissza meglepődötten.

– Nem, nem vagy az. – mondta magában. – Mást is tudnál már akkor.

– Szerintem sem az. – mondta Jacob. – De varázsló, annyi biztos.

– Arra a nagy amulettre gondolsz, ami a nyakában lóg? – kérdezte Samara.

– Arra. – felelte. – Túl feltűnő. És nem mellesleg, rajta van Tír na nÓg címere.

– Én... – próbált előállni valamivel. – Én épp csak kezdtem. – Ezt a kijelentését egy kisebb nevetés kísérte, mely inkább kedves kacagásnak hallatszott, mintsem kinevetésnek.

– Látszik rajtad, ne aggódj! – mondta viccelődve Jacob. – De, ha ez megnyugtat, mi sem vagyunk sokkal ügyesebbek. Még. – Jaj, én meg el ne felejtsem a vacsoránkat! – szaladt oda a tűzhöz Samara. Egy kisebb üst lógott felette, amit kezdetlegesen összerakott falábak tartottak. – Jókor jöttetek. Gyertek, hadd ejtsük meg az első közös vacsorát ember és tündér között! – mondotta ünnepélyesen.

A többi testvérnek nem is kellett kétszer mondani, már ültek is vissza a legutóbbi helyükre, egyik egy nagyobb kőre, a másik egy kidőlt fatörzsre. Ace-ék is boldogan fogadták el a kedves meghívást. Kicsit nehézkes volt Ace számára jobb kézzel enni, mert Violet még mindig fogta a kezét. Ő maga pedig balkezes volt. Violet-nek már ugyanez nem volt nehézség, mert ő szintén balkezes. A tündéreknél pedig jellemző, de legalábbis elég sok a balkezes.

– Ha nem is az első, de hosszú évszázadok óta biztosan. – jelentette ki mosolyogva Avalon.

– Még nem is kérdeztük, hogy kerültél ide? – tette fel a kérdést Samara, de sajnos ő is csak ugyanazt a választ kapta, mint Iavoda, mikor Violet érkezéséről érdeklődött. Szerencsétlen lánynak azóta sem jutott eszébe semmi.

– És te, Ace? Mit kereshet errefelé egy ilyen fiatal növendék? – kérdezte Ace-től Jacob. Nem volt túl nagy korkülönbség köztük, aligha pár év. Emiatt is kicsit fura volt a kérdés.

– Rám bíztak valamit. – felelte. Hiába a látszólag ártatlanok a testvérek, még mindig volt egy kevés tartás benne.

– Netán valami legendának nézel utána? – kérdezte Eric.

– Vagy esetleg, ez a te családi örökséged? Az erdő, a kastély? – kérdezgette tovább Jacob.

– *Na, akkor most ki a gondolatrabló?* – gondolta magában a fiú. Innentől kezdve feleslegesnek érezte a hazudozás használatbavételét. Egyébként sem volt benne túl nagy tapasztalata. – Ez is, az is. – felelte.

– Áhá! Tudtam én! – dicsérte magát Jacob.

– És mi lenne az? – kíváncsiskodott Samara.

– Egy könyv. – válaszolta Ace sóhajtozva.

– Úgy érted, egy varázskönyv? – tette hozzá Samara.

– Nem tudom pontosan. – mondta vállvonogatva.

Ace, ahelyett, hogy tovább folytatta volna azt a sort, amihez nemigen értett, elmesélte hát a történetet, mit nagyapjától hallott. Elvégre talán így közelebb juthatnak ahhoz, hogy minél előbb lezárják ezt a hosszúra nyújtott, már-már történelmi fejezetet, ami akkor kezdődött, mikor a Basiliscus betört Cornelius kastélyába, majd könyörtelenül végzett vele.

– Ha ez tényleg igaz, akkor szólnunk kell a többi boszorkánycsaládnak is! – vetette fel az ötletet Avalon. – Egy ilyen veszélyes könyv nem maradhat örökké őrizetlenül.

– Igaza van a húgomnak. – erősítette meg Jacob. – Százhatvan év. Kész csoda, ha eddig nem talált rá a rend.

– A kastélyban nincs. – mondta Ace. – Legalábbis, mikor Violet-tel keresgéltük közösen a könyvet, semmit sem találtunk. Pedig mi mindenhol megnéztük. A legkisebb zugokat is.

– Ebben én nem lennék annyira biztos. – szólt közbe Samara. – Úgy értem, ha a kastélyon kívül van a könyv, akkor is kell valami ládaszerűség, amiben nem sérülhet meg. És aztán a védővarázslat rá. Százhatvan év alatt az a könyv szétesik, ha nincs valamilyen védelem rajta.

– Hogy érted ezt? – kérdezte Ace.

– Arra gondolok, hogy ha van rajta valamilyen védelem, akkor kell lennie a könyvön egy tárgynak, amiben tárolódik és újjászületik az életenergia.

– Mint a nyakláncod. – mondta Violet.

– Pontosan. – vágta rá Samara. – Ez azt jelenti, hogy nem lehet az olyan kis helyen, hogy ne vegyük észre, ha megvan a lelőhely.

– Mit szólnátok, ha együtt keresnénk? – ajánlotta fel a lehetőséget Ace. – A kastély tágas és nagyon jó állapotban van. Csak jobb lenne ott aludni, mint itt kint, nemigaz?

Az ajánlattól a testvérek mindegyike elpirult. Még sohasem kaptak ilyen lehetőséget az élettől. Annyi bújkálás, futás és szenvedés után először érezhették magukat biztonságban. Avalon még el is kezdett könnyezni.

– A hálánk örökre veled lesz. Nem is tudjuk, mit mondhatnánk. – mondta könnyezve Samara. – Köszönjük!

– Köszönjük neked! – mondták egyhangúlag. Samara meglepetésére Violet felállt Ace mellől, majd átölelte őt.

Új emlék születik ma éjjel, mit a tűz melege, az éjszaka csendje és a társaság kellemes hangulata alkotott. Egy olyan emlék, amire bármikor boldogan tekinthetnek vissza, ha az élet éppen kemény, vagy mikor éppen nem jut semmi eszükbe. Mert az emlékek, legyenek azok fájdalmasak vagy örömteliek, régiek és újak, hasznosak vagy haszontalanok, örökké az emberi lét egyik, ha nem a legértékesebb és legfontosabb kincsei. Ezekből építheti fel magának az ember saját értékrendjét, személyiségét és a világnézetét. Mind azért, mert az emlék egyszerre tudás és tapasztalat, becsülni való érték és a tanulás leghatékonyabb formája. És mindezek mellett, a szép emlékek csodálatra méltó bizonyítékok az emberiség legszebb arcának a létezésére.

11. fejezet

A kastély szelleme

A reggel első napsugarai szavakkal nem leírható szépséget adtak a Corvinus-kastély egyébként is lélegzetelállító, kékre festett ablakainak. A Napnak köszönhetően csakúgy fénylett a két kisebb, vörös rózsaablak. Az egyik a főbejárat felett helyezkedett el, a másik a régi kápolna elején. Valószínűleg már nagyon régóta nem használta senki sem vallási célokra, mert inkább nézett ki raktárnak belülről, mintsem kistemplomnak. Telis-tele volt régi bútorokkal, könyvespolcokkal és egyéb más kacatokkal. A kastélynak két nagyobb tornya volt és két bástyája az elején. A bástyák közt és kicsit előrébb a főbejárat helyezkedett el, mely szintén kettő őrtorony közé volt beékelve. Középen egy valamivel mutatósabb csillagvizsgáló volt. Egy szép üvegkupola, amit valószínűleg csak később építettek a kastélyra. Egy tornyot faragtak át ehhez. Mellette volt a kiskápolna, a másik oldalán pedig egy jókora tetőablak. Kék és piros festést kapott. Régen bálterem volt alatta, most Violet beltéri ültetvényesei kapnak helyet ott. Egy flancos üvegház-szerűségnek tudnám nevezni. Bizony, a kastély számos átépítésen esett át az idők során. A legrégebbi részei a tornyok és a klasszikus bástyák, na meg a falak. A bástyákon és a falakon is meglátszik a kastély erőd múltja. Ez a lőállásokon látszik meg, amiket úgy lehetne elképzelni, mint óriási sárkányfogak.

Belül látszik meg a legtöbb átalakítás. Rengeteg termet építettek át műhelyekké, raktárakká. Ez persze mind Cornelius munkásságának segítségére történt. A legnagyobb termek azonban, mint például az ebédlő és a hall, megmaradtak. Utóbbi teremben található a szobor, amit Ace vett szemügyre, mikor megérkezett. Vannak olyan berendezések, mint a fából készült csillár, amelyek talán egyidősek a kastély történetével.

A nagy könyvtár, aminek kötetei értékes tudást őriznek a történelemről, tudományokról és olyan titkokról, melyeket a Basiliscus inkább szeretne a föld alatt, vagy megsemmisítve látni. Legalább a felük kézzel készített mestermunka, némelyik idősebb volt, mint maga Cornelius. A nagy termek, mint az ebédlő, vagy a hall, zászlók lógtak a mennyezetről, egyik oldalon Aeren, a másikon Eclain zászlaja. Ezek a zászlók, a közös ügyek megbeszélésére épített kerekasztalok mind a két ország baráti múltjáról adnak tanúbizonyságot. Cornelius nagy figyelmet fordított ezekre azzal, hogy megőrzi, illetve felújítja ezen termeket. Így ezek most is magukban őrzik a két ország eredeti barátságának emlékét, melyet valakik súlyosan eltorzítottak, mikor kirobbantották a háromszázéves háborút. Az utóbbi százhatvan évben csak jót tett a kastélynak és a körülötte lévő erdőnek a babona, így érintetlenül megmaradhatott azért, hogy most az új lakók, Ace és Violet, illetve a boszorkánytestvérek, Samara, Avalon, Eric és Jacob megcsodálhassák. Ez egy csodálatos otthon bárki számára, hiszen nagy és tágas. Mindenkinek jut külön szoba, és Corneliusnak hála, a kastély egy-két apróságot leszámítva, semmit sem öregedett az elmúlt évszázad alatt. A környező fenyves, Farasil erdeje burjánzik az életben. Még ha sok a ragadozó is. De hiszen ez nem probléma, mert ott van velük Violet, ki a Természet Szövetségét birtokolja, amivel nemcsak megvédi őket a legádázabb fenevadaktól, de még össze is barátkozhatnak velük.

Alig két nap telt el, mióta beköltöztek a testvérek a kastélyba, de máris egy felettébb érdekes dolgot fedeznek fel, mit nem is titkolnak Ace-től. Történt ugyanis egy napon, mikor Avalon az egyik szobát berendezve észrevette, hogy a levegő itt sokkal hidegebb, mint bárhol máshol a Corvinus-kastélyban. Néhány tárgy nem ott van, ahol hagyta, és mindezek mellett, furcsa érzés ott lenni. Miután Samara-nak is megmutatta, ő megerősítette sejtéseit.

– Ace! Van egy perced? – kérdezte Samara a fiútól.

– Igen? – válaszolt vissza Ace, miközben egy régi könyvet olvasott a boszorkányokról Violet társaságában.

– Van egy szellemetek. – jelentette ki szemmel látható magabiztossággal. Ace csak nézett, mint aki nem érti, hol volt a humor a viccmesélésben.

– Igen? – kérdezett vissza a fiú ártatlan szemekkel.

– Vagy pontosabban megfogalmazva, test nélküli lélek.

– Ez olyan boszorkányhumor? – kérdezte Ace, mire Violet és Samara elnevette magát.

– Nem, nem az. Már régóta itt lehet. – felelte Samara. Ace pontosan olyan arcot vágott, mint aki csak most tudja meg, hogy egész idáig egy olyasvalamivel aludt egy fedél alatt, amiről azt sem tudta, hogy létezhet.

– És kinek a szelleme az? – kérdezte Ace Samara-tól, voltaképpen fogalma sem volt, mi is ilyenkor a teendő.

– Még nem tudom. – mondta bizonytalanul. – De mit szólnál hozzá, ha éjjel utánanéznénk? – mondta a tervét Samara.

– Persze. De miért nem most?

– Ilyenkor általában békésen szunnyadnak. – válaszolta Samara. – Nyugi, nem harap! – tette hozzá humorosan.

– Hát, ha éjjel, akkor éjjel. – mondta beleegyezően Ace.

A boszorkánytestvérek sok holmit hoztak a kastélyba, melyeket az erdőben rejtegettek. A hallban és az emeleten lévő tetőablak alatt pedig kísérleteiknek és kutatásaiknak hódoltak. Szerencsére, egyetlen sebesült állat sem érkezett az elmúlt pár napban. Hatalmas megkönnyebülés ez Violet-nek, főleg a rengeteg rossz dolog után, amit el kellett viselnie. Most végre együtt lehet olyanokkal, akik segítenek befoltozni minden sebet szívén, melyek sokaságát aligha tudta túlélni.

– Jacob! – szólt le testvérének a lépcsőkről Samara. – Kéne pár gyertya!

– Eric-nél biztos van pár. – válaszolt, miközben a hallban munkálkodott egyik tervén.

– Terád is szükség lesz idefent! – tette hozzá.

– Nem látod, hogy éppen boszorkánykört rajzolok?! – jött a cinikus kérdés Jacob-tól.

– És ha azt mondom, találtunk egy szellemet? – kérdezte Samara.

– Na, akkor viszont egy pillanat. – válaszolt Jacob.

– Nem is vártam mást. – mondta, majd tovább állt. Következő megállója Eric volt, aki kint rendezgette a kastélykertet.

– Szia, Eric! – köszönt Samara.

– Á, szia! – érkezett a viszontköszönés.

– Jacob mondta, hogy van gyertyád. – tért a tárgyra.

– Van, miért kérded? – érdeklődött.

– Van egy szellemünk. – mondta jókedvvel Samara.

– Ez már valami. – viccelődött Eric. – Még az a szerencsétek, hogy pont akad nálam néhány füstölőpálca.

– Ez lett volna a következő kérdésem. – mondta Samara. – Min ügyködsz?

– Csak gondoltam, ültetek pár gyógynövényt, a végén még megromlanak. Na, és hol van az a szellem?

– Avalon találta a szobájában. – felelte.

– Na, és hogy érzed?

– Mármint?

– Mit művelt eddig a szellemünk? – pontosított kérdésén.

– Nem tűnik olyan morcosnak. – mondta bizonytalanul. – Eddig csak tárgyakat mozdított el a helyükről és kissé lehűtötte a levegőt.

– Nos, akkor szerintem kezes bárány lesz.

– Úgy hiszed?

– Amennyi szellemmel találkoztunk, szinte majdnem mind ilyen volt. Nem rejtegettek semmit, gond nélkül elmesélték egész életük történetét.

– Igaz. Majd meglátjuk.

– Úgy legyen! – mondta bizalommal Eric.

Már csak azt várták, hogy lenyugodjon a Nap és megkezdhessék annak a bizonyos szellemnek a vizsgálatát. Ahogy az égbolt vérvörös színe megjelent, onnan pedig egyre sötétebb és sötétebb lett, a kastély lakói lassan kezdtek elfáradni, de úgy érezték, megéri egy ilyen különleges dolog miatt fent maradni. Illetve hát, mi is minősül különlegesnek? Ace esetében nagyon is különleges, a boszorkányoknak inkább csak egy újabb alany, akit a tudomány fejlődése érdekében vizsgálhatnak. Ahogy azt

Violet is elmondta, a lelkek irányítják a puszta, biológiai testet. Ha az használhatatlanná válik, a lélek pár órán belül elhagyja a testet és megindul egy olyan úton, melyet egy élő ember sem tud elképzelni. Mondhatni a halál a végső ismeretlen. És amit az ember nem ismerhet, attól fél. Ez az egyik legtermészetesebb félelmünk. Még érdekesebb jelenség azonban, hogy néhány lélek itt marad a mi világunkban egy láthatatlan formában. Még a sokat tudó boszorkányok előtt is rejtély ennek mivolta. Mindig más ok miatt van. Néha azért vannak itt, hogy közöljenek valamit. Nem ritka az sem, hogy képtelenek elengedni szeretteiket és ezért velük maradnak. Volt egyszer egy eset, mikor egy szellem azért tartózkodott oly sokáig egy régi házban, hogy elmesélhesse a lakók halálának tragikus történetét. Ezek a dolgok komolyan megterhelik az érző szívet.

A holdfény éppcsak haloványan szűrődött be az ablakokon, így nem kellett fáklyát égetni feleslegesen. Mindenki elkészült az előkészületekkel, és hamarosan szerették volna elkezdeni rutinszerű beszélgetésüket az újonnan felfedezett szellemmel. Samara, bár azt már korábban is észrevette, egyszerűen nem tudott tovább haladni azon a tényen, hogy Violet és Ace valahogy mindig fogják egymás kezét, nem számít mikor vagy hol. De nem úgy, mint valami turbékoló gerlepár, hanem mint két gyászoló öregember, kik a sírok közt bolyonganak a temetőben, vagy éppen akár két kisgyerek, akik nem merik szem elől téveszteni egymást, miközben felettébb ijesztő és sötét helyen mennek keresztül.

– Ti ketten egymáshoz vagytok láncolva? – kérdezte tőlük Samara, miközben egy folyosón sétáltak a szellem által birtokolt szoba felé. Halkan tette fel kérdését, hangja egyszerre hatott együttérzően és felvidítóan. Végül Ace nyitotta előbb válaszra a száját.

– Tudod, az utóbbi pár nap elég nehéz volt számára. – válaszolt sajnálkozó hangon.

– Pontosabban? – érdeklődött. – Vagy inkább megtartanátok magatoknak?

Ace ránézett Violet-re, mire az válaszként bólintott egyet.

– Néhányan követni kezdtek, mikor a közeli faluban sétáltunk. A Háromholdak ünnepségén történt. – mesélte. – Kezdetben minden jól ment, de aztán egyszercsak összetűzésbe kerültünk négy, távolról sem ártatlannak kinéző emberrel. Már azelőtt is észrevettem őket. Próbáltuk lehagyni őket, de nem sikerült. Szerencsére, sikerült elijeszteni őket egy nagyobb kiáltással.

– Akkor a te hangodat hallhattam. – közölte Samara. – Én is ott voltam.

– Igen, láttunk is. – felelte Ace.

– Tessék? Miért nem egyből hozzám jöttetek akkor? – kérdezte meghökkenve.

– Én sem tudom. – felelte. – Az igazság az, hogy csak én láttalak meg, de nem hittem volna, hogy tényleg te vagy az. Már Ravenfeather-ben is láttalak, mikor fogjul ejtett a Basiliscus.

– Ó, tényleg! – kapott a fejéhez Samara. – Akkor már emlékszem rád! Te voltál az egyetlen, aki nem éljenezve, vagy kíváncsiskodva nézett rám.

– Mit tettek veled? – kérdezte aggódva.

– Azt inkább nem mondanám Violet előtt. – válaszolta. – De annyi biztos, hogy nem tudtak kiszedni semmit se belőlem azok a nyomorult bástyalovagok. Igaz, a fájdalmasabb részét még megúsztam, mert arra éppen akkor került volna sor, mikor elvittek volna a „profibb" inkvizítorokhoz a város kastélyába. Gyáva féreg az összes. Nem mernek boszorkányhoz nyúlni, csak vastag bőrkesztyűvel. Félnek, hogy megfertőzzük, vagy megátkozzuk őket. Szóval nekem még a helyén van a vállam.

Elsőre ugyan nem jött rá, mit is gondolt Samara azalatt, hogy helyén van a válla, de nem is kellett sokáig gondolkodnia, mire rájött, hogy a boszorkány valójában arra az eszközre gondolt, amivel kificamítják a vállát az illetőnek. A lábakat súlyhoz kötik, majd addig húzzák felfelé az áldozatot, míg a vállak meg nem adják magukat. Ilyen és ehhez hasonló módszerek egész tárháza várt volna Samara-ra, ha nem sietnek segítségére a testvérei időben.

– Már úgyis ki akartam próbálni valamin azokat a jó kis füstbombákat. – szólt hátra Jacob kissé vidámabb hangon.

92

– Kaptam is az orromba belőle bőven! – mondta morcosan Samara, de rajta is látszott, hogy csak tovább viszi a jó hangulat keltését. Amolyan kissé humorosan tette.

– Minek voltál útban? – viccelődött tovább Jacob, mire Eric és Avalon egy kisebb kuncogással fogadták humorát.

– Ezt megjegyeztem. – mondta kacagva Samara.

Bár elsőre kicsit furán hangozhat a tény, hogy a testvérek viccelődnek ilyenekről, mégis ezek segítettek nekik minél előbb elfelejteni a velük történteket. Van úgy, hogy éppen ebből merítik erejüket a mindennapok kihívásainak leküzdéséhez. Bátorságot kovácsolnak tapasztalataikból, kifigurázzák ellenségeiket, de legfőképpen, egy családként kitartanak egymás mellett a végsőkig, ahogyan azt a családjuk évszázadokon át tette. Nehéz élet társul a boszorkánylét mellé ezen a világon. Az örökké való menekülés és küzdelem az életben maradásért, a reménytelenség és kétségbeesettség minden boszorkány számára ismerős szavak. Talán éppen ők azok, a legjobban hasonlítanak a tündérekre, az összetartás és együttérzés miatt. Nem véletlen, hiszen több százéve ezt gyakorolják és tökéletesítik.

Ahogy beléptek a szobába, ahol Avalon rátalált a szellemre, mindannyian érezték a különbséget az egyszerű és a szellemek által lakott tér között. Még Ace is megértette ezt a bizonyos különlegességet, amit egy szabadon mozgó lélek jelenléte ad. Más volt a levegő. Nemcsak pusztán hideg volt, de mintha lett volna még más is. Olyasvalami, ami hatással volt az elméjükre, ha csak egy kicsit is.

– Hát, akkor... Kezdjünk bele! – mondta Samara. Ő volt az a személy, aki vezényelte a csapatot.

– Gyertek! Álljunk egymás mellé egy körbe! – segédkezett nővére mellett Avalon. – Fogjátok meg a kezem és egymásét!

Minden ilyen alkalmat egy tiszteletteljes köszöntéssel szokás kezdeni, ezzel jelzik az elhunytak felé békés és barátságos szándékaikat. Ahogy a Blackwell-családnál mindig, most is a legidősebb tag mondja el ezt az imaszerű köszöntést, aki jelen esetben Samara. Egyúttal neki van legtöbb tudása és tapasztalata erről. A szellem jelenlétét maga az elhunyt ember lelke igazolja azzal, hogy jelez a társaságnak. Ez többféleképpen történhet. Általában gyertyákat tesznek földre, de nem ritka a Ouija-tábla használata sem. Egy fatábláról van szó, amelyen egy ábécé található, illetve „igen" vagy „nem" válasz, továbbá a „üdvözlet" és a „viszlát". Számok is találhatók rajta nullától a kilencig. Ez azonban sok mindentől függ, például sok ember jelenléténél előfordul, hogy a szellem úgymond „szégyenlős" lesz és nem jön elő. Ha pedig nem elég tisztelettudóak a jelenlévők, attól morcos lesz a lélek, olyankor elvonul, és aztán bottal üthetik a nyomát. A tábla, habár a jelölőt nem fogják, még így is bonyolult lehet, ha ennyi ember gyűlik össze. Jelen esetünkben gyertyát és füstölőpálcákat használnak.

– Köszöntünk téged, e helyiség lakóját, a béke és a barátság nevében! Én, Samara, és társaim, Avalon, Jacob, Eric, Ace és Violet azért vagyunk itt, hogy kifejezzük jó szándékainkat, együttérzésünket és megértésünket elhunyt embertársaink felé, kik most itt vannak velünk azért, hogy kaput nyissanak nekünk az élet és halál világa közt. Hogy beteljesítsék céljaikat, melyeket éltükben képtelenek voltak. Hogy átadják féltve őrzött üzeneteiket, miket mindent felülmúló bátorsággal és daccal magukkal vittek a Nagy Ismeretlenbe és megtartottak. Mert kötelékeik, melyeket szeretteik szeretetével fontak, visszahúzza őket, hogy együtt lehessenek életük párjával, szüleikkel és gyermekeikkel, testvéreikkel és barátaikkal.

Miután a köszöntés végére ért, kis várakozás folytatta az eseményt. Ezalatt hosszasan nézték egymást a barátok, várva Samara következő szavait. Olyan érzés volt, mintha csak egy szertartáson lennének. Hamarosan újra megszólalt.

– Míg az élők közt éltem életem fejezeteit, megtanultam, mit jelent az otthon, a barátság fogalma. Megtanultam, hogyan kell emlékeket szerezni és őrizni. Megtanultam leírni érzelmeimet, és elolvasni mások szavát, melyeket kitartó odaadással könyvbe írtak. Megértettem a tetteim fontosságát és azt, hogyan kell dönteni fontos és nem fontos között. Most mégis itt állok, nézem, ahogyan elszáll az idő felettem, és lepereg előttem az életem. És mikor eljön az én időm, elhagyom testem, elrepülök az ismeretlenség útjára. Egyedül, vagy fogja-e valaki a kezem, miközben utolsó lélegzetemet veszem, és végső szavaimat mondom el? Senki nem tudhatja ezt előre megjövendölni. De egyben biztos lehetek: ahogyan itteni időmet éltem, úgy folytatom továbbra is. Vajon mikor megtudom, mi vár reám azután, hogy végleg lehunyom szemeimet, boldogan tekint-e majd vissza? Vagy szomorkodva? Talán megadatik-e a lehetőség, hogy ismét láthassam azokat, akiket szerettem és hátrahagytam? Mikor megtudom, mit rejt a végső ismeretlen, minden félelmem hátrahagyom. De egy valamit nem tudok. A félelem, hogy elveszítem emlékeim, ahogyan azok köddé lesznek, végül pedig azt érzem, hiába való volt mindazokra vigyáznom. Most mégis reménykedve várom, ahogy új életem napja felvirrad előttem, én pedig megcsodálhatom szemem megújult fényével az új világ rétjeit és hegyvidékeit, óceánjait és sivatagjait, folyóit és tavait, az erdeit és az állatait. Vajon ha mindezt látom, érzem, levegőjét szimatolhatom, felnézhetek annak egére, ihatok forrásaiból, vajon megtudom-e a boldogság valódi fogalmát, megismerem-e azt az egyetlen érzelmet, melyet egész halandó életemben nem tudtam? Miután minden fény kialudt, és míg én ezeken a dolgokon képzelgek, nem marad más számomra, csak a remény.

Ahogy ezeket a szavakat hallgatta, Ace megkönnyezett. Olyan érzése támadt, mintha róla beszéltek volna. Azon gondolkozott: vajon rá is ez a sors vár? Életének legnagyobb kérdéseire lehet, hogy csak azután jön rá, miután végső álomra hajtja fejét? Nem sok ideje volt ezen gondolkozni, mert Samara gyertyát gyújtott, ezzel elkezdve a szellemmel való beszélgetést.

– Légy üdvözölve körünkben, jó szellem! – köszönt ismét Samara a szellemnek. – Arra kérlek, fújd el a gyertyát és jelezd, hogy itt vagy velünk és hallod szavunk!

Nem is kellett sokáig várni, a gyertya pár másodperc múlva elaludt. Nem sokkal ezután, mintha csekély légmozgás is feltámadt volna a kastély szobájában. Ace hátán végigfutott a hideg. Halk, alig hallható suttogást vélt észrevenni, melynek hangja a semmiből indult. Szavait egyáltalán nem értette, teljesen keszekusza volt. Hirtelen nem tudta, rettegjen-e, vagy csodálkozzon.

– Nyugalom, Ace! – bíztatta Violet. A lány érezte, ahogy remeg a keze. – Ő nem bánt.

– Üljünk le! – szólt barátainak Samara.

– Tessék, Ace! – mondta Eric, miközben letett a földre egy fatáblát. Számok és betűk voltak rajta, ez volt az egyetlen eszköz, mellyel bonyolult kérdésekre is tudott válaszolni a szellem.

– Mi ez? – kérdezte Ace.

– Ez itt a Ouija-tábla. – válaszolt büszkén. – Ezzel válaszol a szellem nekünk, ha a kérdés bonyolultabb egy „igen" vagy „nem" válasznál. Ettől függetlenül persze ezen a táblán is van erre lehetőség. Csak ráhúzza a jelzőt és ennyi.

– Akkor most tegyétek rá a kezeteket a jelzőre és forgassuk együtt körbe annyiszor, ahányan vagyunk! Ezután húzzuk az „üdvözlet" helyére! – mondta az utasításokat Avalon. Ez így is történt. Összesen hatszor forgatták körbe a jelzőt a táblán, ezután az „üdvözlet" helyén hagyták.

– Kérdezz te előbb! – mondta Samara. – A te jogod megtudni a kastélyod titkait.

– Te vagy az, Cornelius Corvinus? – tette fel rögtön az első kérdését, mire a jelző szinte azonnal a „nem"-re húzódott.

– Ezek szerint, nem. – mondta Samara.

– Szabad megkérdeznem, ki voltál életedben? – tette fel következő kérdését, annyira óvatosan és tisztelettudóan, amennyire csak tudta.

A jelző hirtelen megmozdult, és elkezdett sebesen mutogatni ide-oda az ábécé-területen.

– Alicia...

– Hortensia. – mondták az ikertestvérek.

– Mit csináltál... – Ace szavát hirtelen félbeszakította egy újabb válasz, ami még egy nevet árult el.

– Magnus...

– Cantor. Ez meg mit jelentsen? – kérdezték az ikertestvérek Samara-tól.

– Azt, hogy nem egy, hanem két szellem van velünk.

– Még sosem láttam ilyet. – mondta meglepődve Avalon.

– Én sem. – mondta Samara.

– Miért haltatok meg? – kérdezte Ace.

A kérdést követően szinte megállás nélkül mozgott a jelző, olyan gyorsan, hogy alig lehetett követni.

– Basiliscus. Betörés. Kérdezgetés. Kard. Félelem. Vér. Cornelius. Szövetség. – Csakúgy jöttek a szavak, melyek mindegyike egy-egy esemény egyszavas jellemzésének tűntek.

– Részvétem! Mindannyiótokért. – mondta Ace, megelőzve következő kérdését. – Tudtok esetleg valami könyvről? Egy titkos könyvről, amit Cornelius rejtett el valahol. Amiatt ölhették meg. A választ bárhogyan próbálta feltenni kisebb változtatásokkal újra és újra, csak is kizárólag nem választ kapott. Ez csak egyet jelenthetett. Cornelius annyira vigyázta a könyvet, hogy még a hozzá közel állók is csak keveset tudhattak erről. A cselédek, akikkel állítólag jó kapcsolatot ápolt, és akik szintén kedvelték őt jóságáért, még ők sem tudhattak semmit erről a könyvről. Mikor a további kérdezgetés értelmetlenné vált Ace számára, ráhúzta a jelzőt a „viszlát" mezőre, majd felállt helyéről és könnyes szemekkel kisétállt a szobából. Violet is követte. A négy testvér azonban tovább kérdezgette a szellemeket saját kíváncsiságaik szerint. Eközben füstölőpálcát égettek, minek az a célja, hogy megnyugtassa a lelkeket. Mind az övékét, mind a szellemekét. Nemritkán megtisztulási rituáléknál is szoktak ilyesmit használni, ami főleg zsályából, levendulából készítik. A leveleket még frissen összekötözik, aztán kiszárítják.

Ace a kastély főkapuja feletti rózsaablak mögött elhelyezkedő szobába vonult. Ez volt az általa elnevezett „csendes rejtek", mivel meglehetősen rejtett helyen volt. Az ablak hiába látható gyönyörűen, ha a termet, ami mellette van, teljesen átépítették. Raktárakra, műhelyekre szeletelték az eleinte egy nagy helyiséget. Így történt az, hogy mindenféle áttervezés után a rózsaablak teljesen elbújt a különféle szobák mögé. Elfeledett lett, mondhatni. Most az a nagy, köralakú, piros ablak egy kicsi, elfalazott helyen van, melyet további két, keskeny ablak is közrefog. A két őrtorony bejárata szintén ebben a szobában található. Egy, a mennyezetről lánccal lelógó, apró lámpás nyújtott csekély fényt. Maga a lámpás is pont a körablak szintjéig volt lelógatva, mintha csak erre a célra lett volna tervezve ez a kis zug. A fiú is ide szokott leülni, ha csendre és nyugalomra vágyott. A bútorok éppenhogy a nagyablakhoz voltak igazítva, így remek kilátást biztosítva az éjszakai égre. Talán ezek voltak Ace legreménytelenebb pillanatai, ha a könyv megleléséről volt szó. Folyton az motoszkált a fejében, hogy mi lesz akkor, ha a Basiliscus megleli előtte az értékes tudást őrző kötetet? Hiszen hogyan is tudhatná, annak fényében, hogy mennyire rejtett helyen vannak. Maga az erdő is egy komplett labirintus annak, aki nem ismeri itt a járást. Nem is beszélve arról, hogy szinte senki sem merészkedik be ide, leszámítva az öt betolakodót, kiket Ace saját kezével temetett el. Azonban még ezek a tények sem voltak képesek nyugalmat hozni a fiú szegény lelkének. Ezekben a pillanatokban az egyetlen, ami segíthetett rajta, az Violet volt. A lány kezének megnyugtató érintése, amely még szinte jéghidegen is több melegséget biztosított a fiú lelkének, mint bármi számára ezen a világon. Így ültek egymás mellett, fogva egymás kezét, bámulva az égboltot a rózsaablakon keresztül. Ez általában mindig azzal végződött, hogy egymás fejének támaszkodva szenderültek mély álomba.

12. fejezet

Egy tündér emlékei

Violet és Ace a tó partján üldögéltek kedvenc fájuk alatt. Nem volt gyakori látvány, egyike az erdő legöregebb fáinak. Tölgy volt, így nyugodtan neki tudtak dőlni anélkül, hogy összegyantáznák ruháikat. Már jóideje csak bámulták a tavat, ahogyan a Háromholdak fénye visszatükröződik a felszínéről. Az ég teljesen tiszta volt, a csendet pedig az este hangos zenészei törték meg. A békák szokásos énekesi képességeiket tökéletesítették. A bagoly sem maradt ki a műsorból, csakúgy, mint az aljnövényzet lakói, a tücskök sem. Szívesen hallgatta őket a páros, hosszas pihengetéseik során, unottan, egymásnak oldalának dőlve. Violet ilyenkor gyakran hajtotta le fejét Ace vállára, aminek nem ritkán elalvás lett a vége.

Váratlanul Ace meglátott valami furcsát és nem odavalót a vízben. Csak pár méterre lehetett a tó partjától az a megmagyarázhatatlan, fénylő jelenség. A víz hullámzása miatt csak épp, hogy észrevehető volt a zöld fény. Habár nehezére esett nem elveszíteni az apró fénypontot, a fiú szemét megerőltetve próbálta kifürkészni, mi lehetett az. Ahogy lecsendesedett a gyenge szél, a tó vize is nyugodtabb lett és láthatóvá vált, hogy az az akármi nem a tó felszínén, hanem alatt feküdt. Hozzátartozott egy nagynak látszó tárgy is. Mintha valami el lett volna temetve a tó alján. Ketten azon gondolkoztak Violet-tel, mit tudnának tenni ezzel kapcsolatban. Ace-nek először az úszás jutott eszébe, azonban az egyetlen bökkenő az volt, hogy a fiú sosem úszott még vízben. Nem tehetett róla, neki ilyesmi sosem adatott meg, mivel egy olyan városban nőtt fel, ami a végtelennek tűnő, füves pusztán található.

De mire kettőt pislogtak, már jött is a következő csodálkoznivaló, mely hatalmas szárnyak csapásának hangjaként háborgatta meg az éjszaka csendjét. Ez nem Iavoda volt. Helyette egy sokkal kisebb, más színű sárkány tűnt fel az égen, majd landolt a kastély közelében. Míg Iavoda nagyjából tizenöt méteres lehetett, ez alig hét. Fiatal, gyereksárkány látszatát keltette a puszta megjelenése. Ami azonban igazán furcsa volt, az a többi sárkánytól szokatlan viselkedése volt. Mihelyst földet ért, nyomban a páros felé rohant, mint mikor régi barátok találkoznak hosszú idő után először.

– Szép jó estét mindenkinek! – köszöntötte Ace-t és Violet-et, szinte már ordítva. Olyan gyorsan csörtetett feléjük, hogy Ace és Violet ijedtükben a fa mögé bújtak, mely tövénél az imént üldögéltek. – Na? Mit bujkáltok? Gyertek elő, barátként üdvözöl titeket Tsaeou, a bolondos! – biztatta a párt az előjövetelre.

Kep_11

A sárkány, Tsaeou nem is próbálta rejtegetni játékos énjét, de nem is voltak érte haragosak a kastély lakói. Ezen példány erősen megváltoztatta Ace eddigi elképzeléseit a szárnyas, büszke hüllőkről. Még a boszorkányok is meglepődve figyelték a jelenetet. Tsaeou nem is hasonlított Iavoda-ra, aki talán a legtökéletesebb minta volt a sárkányokra. Egy sárkány számára a becsület jelent mindent, melyet bármi áron megvédenek, akárcsak örök barátaikat, a tündéreket. Általánosan elmondható róluk a rejtőzködő, komorságos életmód. Most pedig itt áll előttük teljes valójában egy, a sorból igencsak kitűnő, életvidám sárkány. A többi boszorkány láttán őket is hasonló módon köszöntötte, majd örömében elkezdett hempergőzni a földön. Bár a testvérek mit sem értettek fura viselkedéséből, még ők se tagadhatták le azt a jókedvet, mit Tsaeou hozott el számukra.

– Tsaeou? – szólította meg a sárkányt Ace. Furfangos ötlete támadt, hogyan is tudná kiemelni a víz alól a titokzatos tárgyat.

– Tessék, kedves Ace! – válaszolt készségesen.

– Tudnál egy kicsit segíteni valamivel? – kérdezte illedelmesen, mire Tsaeou odaszaladt hozzá, ugrálva előtte izgalmában. Még a talaj is beleremegett.

– A legnagyobb örömmel! – mondta boldog mosollyal. Eddig fel sem tűnt Ace-nek, hogy a sárkányok is tudnak mosolyogni.

Bár, ahogy elnézte Tsaeou fejének formáját, ez nem is volt olyan megterhelő számára.

– Van a tóban valami...

– Na, hadd nézzem csak!

Tsaeou hamar hasznossá tette magát, tulajdonképpen Ace ki sem mondta teljesen, mi lenne kérése, a sárkány már ugrott is a vízbe. Hatalmas csobbanása és az ez okozta hullámok egy időre minden állatot szó nélkül hagytak. Rövid időn belül ki is ráncigált a víz alól egy fekete tárgyat, melyen ott volt a zöld fény tulajdonosa is. Drágakőnek látszott. Nem olyannak, mint amilyen Ace nyakában lógott, hanem egy sokkal kisebb, zöld színű darab, ami csak úgy világított a sötétben. Hozzá volt ragadva valamilyen sárszerű anyaghoz. A sárkány pedig – nem tudni, hogy tényleg fázott-e, vagy csak produkciót mutatott be, de jó nagy lármát csapott, ahogy kiugrott a vízből, hátsó lábaival a tárgyat tartva.

– Hideg, hideg! – kiabálta Tsaeou, új barátai kacagására. Sajnos, ez a nevetés is csak addig tartott, míg a sárkány tüzet nem lehelt maga alá, hogy felmelegedjen.

– Jacob, siess, mielőtt Tsaeou kigyújtja az egész erdőt! – szólt Samara testvérének.

– Tsaeou, menj onnan, kérlek! – mondta Jacob a sárkánynak, mire az ijedten odébb ugrott a „tűzágyról". Ezután egy gömbalakú dolgot dobott a tűzre, ami hirtelen füstöt engedett ki magából. Ace nagy meglepetésére, a tűz úgy aludt ki, mint a tábortűz utolsó parazsa, amelyet eltaposnak.

Ez volt a Blackwell család saját találmánya. Egy füstbomba, amitől az ellenfél nehezen lélegzik és könnyezni kezd. Ideális szökéshez, vagy figyelemeltereléshez, de a tüzeket is remekül oltja. Ezzel mentették meg Samara-t is. Ace-t viszont sokkal jobban érdekelte a víz alól kiemelt tárgy, mely egész idáig az orra előtt hevert.

– Mi lehet ez? Egy szikla? – nézegette Ace az iszapszagú, fekete talányt.

– Nem hinném. – vágta rá Avalon.

– Sokkal könnyebb. – mondta hozzá Violet.

– Megpróbáljuk feltörni? – kérdezte a többiektől Ace.

– Pont erről akartunk szólni neked, mikor megjött Tsaeou. – mondta Jacob.

– Mégis találtatok nyomot? – lepődött meg a fiú.

– Az egyik képen. Elkerülte a figyelmünket egy aprócska dolog. Egy szín, amely nem illett a környezetébe. A festmény egy tavat ábrázolt, amely az éjszakában csillogott. A rengeteg fehér csillanás közt ott lapult a halványzöld folt is. – mesélte Jacob. – De, ahogy elnézem, megelőztetek. – vakarta fejét. Nekiláttak hát a fekete talánynak. Néhány kalapácsütés elég volt ahhoz, hogy megrepedezzen, majd leperegjen a sötét bevonat. Egy hordót rejtett, alaposan le volt zárva. A kastélyban szerencsére minden eszköz megvolt, ami segíthetett ezen. A hordó különös szagot árasztott magából. Ahhoz tudnám leginkább hasonlítani, mint a szárított gyógynövények és az évszázados, áporodott levegő. Mondhatni, tele volt ezekkel a növényekkel a hordó. Mintha csak egyfajta védelmet szolgálnának. Kisebb áskálódás után rá is akadtak. A könyvre, amelyet Cornelius Corvinus fáradtságot nem ismerve írt meg, és aminek védelméért az életével fizetett. Igen valószínű volt, hogy az egész világ legveszélyesebb tudását tartották a kezükben.

– Ace, várj. – szólt halkan Samara. – Sejtem, mit érzel most, de kérlek várj még, mielőtt kinyitnád.

– Csapdára gyanakszol? – kérdezte Ace.

– Hadd nézzem! – mondta Samara, azzal kezébe vette a könyvet, majd megérintette gyűrűjével.

– Látsz valamit? – gyanakodott Jacob.

– Semmit. – válaszolt Samara. – Különös. Egy ilyen fontos írást nem megvédeni valamivel.

– Ezt el kell zárni. – mondta Avalon. – Sokkal nagyobb biztonságban lenne, ha a leghatalmasabb boszorkányok vigyáznának rá.

– Értékelem az ötletet, de ez Ace jogos tulajdona. Neki kell eldöntenie, mi legyen a könyv sorsa. – adta át a könyvet Ace-nek.

– Nekem jobb ötletem van. – mondta Ace. – Ezen a földön sehol nem lenne biztonságban Cornelius könyve.

– Nos, igen, ez valószínű. – mondta Samara.

– Vigyük hát Tír na nÓg-ba. – mondta határozottan a fiú.

A névnek csak a puszta említésétől is libabőrösek lettek a testvérek. Ők sem értették pontosan, mit is érezhettek pontosan, mikor meghallották. Büszkék voltak arra, hogy tudatában voltak egy sokkal dicsőségesebb és méltóságosabb helynek. Ez pedig nem volt más, mint az örök béke földje, Tír na nÓg. Otthon a tündéreknek, otthon a sárkányoknak, otthon az igazságkeresőknek.

– Emlékszem már. – motyogta magában Violet.

– Mi a baj? – kérdezte Ace. De válasz helyett Violet elszaladt előlük. A fiú szinte azonnal utánarohant, mivel mostanra jól tudta már, mit érez ilyenkor Violet. A rózsaablaknál találta meg a lányt, könnyekben.

– Baleset volt az egész. – mondta zokogva. – Az én hibámból történt minden.

Ace jól sejtette, hogy a könyv láttán talán visszajutnak emlékei a lányhoz, de korántsem volt felkészülve annak következményeire. A kialakult helyzetet látva nem tudott mást tenni, csak azt, amihez a legjobban értett. Együttérezni.

– Violet. Kérlek, mond el, mi történt! Talán tudok segíteni. – mondta Ace, miközben Violet vállára tette kezét.

– Nem, nem tudsz. – mondta halkan. – Ezen senki sem tudna.

Tír na nÓg, két évvel ezelőtt.

Violet és húga szokásos felfedezőútjukra indultak hazájukban, Tír na nÓg-ban, a békesség földjén. Ahhoz, hogy megértsük, hagyományosan induló napjuk miért ért rémálomszerű véget, először vissza kell mennünk a történelemben. A tündérek, bár nagyon zárkózott nép, mindig is érdeklődtek az emberekről. Violet nem az első tündér, aki a mi világunkban kötött ki. Már évszázadokkal ezelőtt is merészkedtek tündérek emberi talajra, tanulmányozás és kíváncsiság miatt. Mindegyik úgy tért vissza, mintha csak a poklot járta volna meg. Akik vállalkoztak erre, mind a kíváncsiság ékes példái voltak, és mire hazaértek, már semmi nem tudta őket rávenni arra, hogy valaha is visszamenjenek az általuk csak Rémálomzónaként emlegetett világba. Néhányan nem tértek vissza onnan. Ők azok, akikről sosem derült ki, mi történhetett velük. Baleset? Vagy valami sokkal rosszabb?

Ezek a kérdések sajnos valószínűleg végleg megválaszolatlanul fognak maradni. Egy újabb önjelölt tündér próbálkozik meg, amikor Violet tizenöt, húga pedig tizenhárom éves volt. Meglesték, ahogyan a felnőtt tündér átsétál az emberekhez vezető kapun. Nem sokkal később utána futottak, belépve a kapun. Violet és húga, Ava ezelőtt még sosem utaztak világok közt. Nem tanulták, nem volt tapasztalatuk ebben. Naivan, mit sem sejtve belerohantak az ismertlenbe, kíváncsiságukért hatalmas árat fizettek. A tudatlanság következtében az utazás megrongálta Violet elméjét, a húga azonban nem úszta meg ennyivel. Az összezáródó kapu a létező legsúlyosabb testi sérülések egész sorával sújtott le a lányra. Amikor utuk végén elérték az emberek világát, Violet egy erdőben tért magához, haldokló huga mellett. Minden olyan gyorsan történt. Violet világa teljesen összetört, mikor egyetlen húga a karjaiban szenvedett keserves fájdalmak közt. Ava gyötrelmesen kapaszkodott nővérébe élete utolsó perceiben, a halálfélelemtől reszketve. A tündér gyászában az állatok is osztoztak, kik teljesen körbevették őket, mikor Ava végleg lehunyta szemeit, megszabadulva elviselhetetlen fájdalmától és félelmétől. Violet ezen a ponton teljesen magára maradt. A mély fájdalom, mit testvére elvesztése okozott, összezavarta elméjét és tönkretette emlékeit. Ezek után két évig egyedül kellett megbirkóznia az új világ kihívásaival. Ezek azok, amelyek örökre megváltoztatják egy érző lény életét. Igazi rejtély, hogyan élte túl lelkileg ennyi minden után Violet, egy tündér, ki teljesen más körülmények közt nevelkedett. Aprócska, szerencsétlen figyelmetlenség, mégis mennyi fájdalmat tud okozni egy ártatlan életnek. Most mégis ez a szerencsétlen baleset vezetett egy másik, úgyszintén bűntelen élet megmentéséhez. És mikor találkoztak, Violet akaratán kívül kimentette Ace-t az öngyilkosság sötétségéből, de ugyanakkor saját magán segített.

13. fejezet

Infernum Erinys

Mikor a lány elmesélte Ace-nek visszatért emlékeit, hosszas csönd következett. Elgondolkozva mindazon, min keresztül kellett mennie Violet-nek, a fiú szörnyen érezte magát ezen történések hallatán. Szinte minden fájdalmát sajátjaként élte meg, mintha csak vele történt volna meg ugyanazt. Sokan inkább rossz szokásának nevezték ezt a viselkedést, egy affajta felesleges szenvedésnek, amilyet ő okoz magának. Ace azonban egy különleges képességként gondolt erre a tulajdonságára. Olyasvalamire, ami csak keveseknek van, így büszke is volt rá. Meggyőződése volt, hogy az a szint, amelyen ő képes beleélni magát egy másik élőlény lelki állapotába olyasmi, amit nem lehet tanulni. Számára ez egy születési ajándék, amire még kiskorában figyelt fel, mikor egész személyiségeket írt le az illető arckifejezéséből, beszédéből. Mindezek ellenére beképzeltnek és önfejűnek nyilvánították legtöbben. Valahányszor erre sor került, azon járt az esze: kivel van a baj? Vele, vagy a többiekkel? Mikor rájött, mi is a helyzet, akkor érezte magát a legkívülállóbbnak. Egy oda nem illő dolognak a képen. Mintha egy harmadik szín lett volna egy sakktáblán. A tény, hogy sehogyan sem sikerül kijönnie társaival, mélyen elszomorította. De nem tartott sokáig, míg fel nem hagyott a már jól megszokott frázissal, a miértekkel, és gyulladt lángra határokat nem ismerő haragja. Ace maga sem tudta, miért, de biztosnak érezte magát abban, hogy a végén úgyis neki lesz igaza, legyen bármi is az. Találkozása Violet-tel új értelmet adott életének. Ekkor elhatározta, hogy kerüljön bármibe, de a végsőkig vigyázni akar azokra, akiket szeret. Különösen Violet-re, mert a lány pontosan tudja, mit érez legbelül.

A Basiliscus megvillantotta méregfogát. Annyi év után most ismét lecsapott a Corvinus-kastélyra, hogy félelmet keltsen a vallás ellenségeiben és elvegye a reményt az ártatlanoktól. Több tucat lovag rohanta le a kastélyt, Ace-ék meg sem próbáltak ellenállni. Láncra verve szállították a legközelebbi erődhöz, amely a kastély melletti falutól nyugatra volt található. Az út végére érve elfogta őket a rettegés, hisz tudták, hogy mi vár rájuk. A terem, amelyben elhelyezték őket, szándékosan túl egyszerű volt. Majdnem üres. Mindössze egy asztal, rajta lámpás és néhány padlóra rögzített szék volt benne. A falon egypár fáklya lógott. Sokáig nem jött be senki hozzájuk. A félelem lassan teljesen uralma alá hajtotta őket, minden perc órának tűnt. Violet volt a leginkább megrémülve, ez nem volt kétséges. Az idő nagy részében csukott szemmel nézett lefelé.

– Violet. Tarts ki, kérlek! Esküszöm, segítek, amint...

– Csend legyen! Rabok között tilos a beszélgetés! – ordibált kintről az őr.

Ace reménytelenül nézte a helyzetet. Egyre jobban azt gondolta, soha nem fogja már látni a napfényt. Kezeit, akárcsak a barátaiét, erős kötelek tartották a székében. Lábait és kezeit is megkötözték, mozdulni sem tudott. Kis idő múlva beszélgetést hallott kintről, amitől hirtelen valami nagyon rossz érzés fogta el. Hideg futkosott végig a hátán, szíve olyan erősen vert, hogy azt hitte, menten elájul, ahogyan hallgatta a kint lévők szóváltását.

– Szóval megvannak? – kérdezte egy férfihang.

– Hatot találtunk! Az egyik a boszorkány, aki nemrég megszökött! – válaszolt a másik lovag.

– Ő is köztük van? Ace Marlow? – kíváncsiskodott tovább a rangosabbnak tűnő lovag.

– Az egyiket így hívják! – válaszolta.

– Helyes! Mindenki jó munkát végzett! – dicsérte lovagjait vezetőjük.

Az ajtón egy kiskocsit toltak be, rajta szerszámokkal. Egyértelmű volt, hogy mind vallatásra alkalmas eszköz. Két lovag, két csuklyás alak és egy díszesebb ruhát hordó ember lépett be. Ace valósággal lefehéredett, ahogy meglátta a vezérlovagot. Kísértetiesen hasonlított reá. Ugyanaz a hajviselet, nagyon hasonló arc, a fiú nem akart hinni szemének. Egészen biztosan csak a képzelete játszadozik vele, gondolta.

– Üdvözlök mindenkit ezen a kellemes nyári estén! – köszönt a vezérlovag. – Látom, mindenki sértetlenül és egészségesen ide érkezett. Ha együttműködtök velünk, ez így is fog maradni. Ígérem, ha minden kérdésünkre választ adtok, szabadon elmehettek.

– Miből gondolod, hogy ezt el is hisszük?! – kiabált közbe Jacob.

– Pedig én csak illedelmes akartam lenni. – mondta szomorú arcot vágva a vezérlovag. – Hálás vagyok azért, hogy legalább a fiam tudja, mik az illemszabályok. – nézett Ace-re, mosolyogva.

Ace a fejét rázta félelmében. Immár képtelen volt eldönteni, ami történik most, az valóság, vagy csak álom. Egész feje lüktetett, émelygett. Nem kellett sok ahhoz, hogy ki dobja a taccsot.

– Az eszközök készen állnak! – jelentette az egyik inkvizítor.

– Rendben van! – válaszolt a vezérlovag, majd elővett magának egy széket, melyet fia mellett helyezett el. – Mibe keveredtél, Ace? Miért találtak meg az embereim egy régi kastélyban néhány boszorkány társaságában?

– Az a mi örökös tulajdonunk... Apa. – hebegte Ace. – A te családneved valójában...

– Corvinus, nem igaz? – vágott a szavába Theodorus Corvinus.

– De mégis honnan... Honnan tudsz róla? – kérdezte Ace, nem győzve kapkodni a levegőt.

– Tudod, sokat tanulmányoztam családunk történetét. Vezérlovagként betekintést nyerhetek bármilyen családba. A Basiliscus történetében ott szerepelt az a dátum, amikor százhatvan évvel ezelőtt lerohanták a Corvinus-kastélyt, a mi dicső felmenőinket. A történet szerint egy embert találtak ott, akit óvatlanul meggyilkoltak. A család többi tagja sosem került elő. Egészen mostanáig. – mesélte.

– Hogy tehettél ilyesmit? – kérdezte zavartan Ace.

– Én? Mit is? – kérdezett vissza értetlenül Theodorus.

– Beálltál azok közé, akik a családunkat üldözték több, mint egy évszázadon át. Akik ártatlan embereket kínoznak és égetnek el azért, mert féltékenyek a tudásukra!

– Neked fogalmad sincs, mit beszélsz, fiam. Ezek itt nem a barátaid, hanem boszorkányok. Az ellenségeink. Biztosan befolyásolják az elmédet. – Az én elmémet nem uralja senki! – ellenkezett. – Pontosan tudom, mi folyik itt! Ez az egész csak a hatalomra megy ki, nem igaz?! – ordibált Ace.

– Te teljesen megőrültél, Ace. A boszorkányok eretnekek, vétkesek. Az inkvizítorok feladata, hogy megmentsék lelküket attól, hogy elkárhozzanak. Mi mentjük meg az embereket a pokoli szenvedéstől. Ez a mi szent küldetésünk. – mondta büszkén.

– Badarság! Minden áldozat ártatlan volt egytől-egyig!

– Honnan vagy abban annyira biztos? – kérdezte Theodorus, aki még mindig kitűnően megőrizte nyugodtságát.

– Tudom. – mondta reménytelenül a fiú.

– Mifelénk úgy szól a mondás – inkább haljon meg száz ártatlan, minthogy akár egy lélek is elkárhozzon. Mi segítünk az embereknek, Ace.

– Ez nevetséges. Hazugság. – motyogta magában.

– Ne pazaroljuk egymás idejét, úgyis felesleges. Amint látom, nem tudlak szavakkal meggyőzni. Sebaj, vannak más módszerek is.

– És most engem is ugyanúgy megöletsz, mint mindenkit, akit eddig elfogtál? – kérdezte haragosan Ace. Csak úgy lángolt benne a gyűlölet.

– Eszem ágában sincs. Még csak az kéne! Kérlek, válaszolj meg egy kérdést. Kik ezek az emberek számodra? – mutatott körbe a székek között.

– Ők... A családom! – jelentette ki a fiú.

– Ezt a szégyent. – búslakodott Theodorus. – Lássatok munkához! Ha bármit kiszedtek belőlük, tudassátok a várkapitánnyal! Én most elvonulok. Sokáig éljen a Basiliscus!

– Éljen soká! – válaszoltak az inkvizítorok.

– Ne szóljatok egy szót sem! – mondta Samara.

– Először bemutatjuk az eszközeinket, aztán kérdezünk. – mondta a magasabbik. – Ha ellenálltok, használni fogjuk őket.

Az inkvizítorok hosszasan beszéltek az eszközeikről a boszorkányoknak. Ezidő alatt a kötél szorításától már igencsak elzsibbadtak végtagjaik. Az inkvizítorokon vastag kesztyű volt, pont, ahogyan Samara mesélte.

– Kezdjük talán veled. – mutatott rá Violet-re a magasabbik.

– Ha hozzá mersz nyúlni!... – üvöltötte Ace.

– Elhallgass! Te csak figyelni fogsz! – intette csendre. – Ha nekem ilyen fiam lenne, már rég kidobtam volna az utcára! Szégyellhetnéd magad, amiért bemocskolod a vezérlovag nevét!

– Légy erős Violet! Kérlek! – mondta rémülten Samara.

– Elég legyen végre! Kösd be a száját! – parancsolta a társának az inkvizítor.

– Azonnal! – felelte a kisebbik.

– Mi a neved? – kérdezte Violet-től. A lány túlságosan meg volt rémülve ahhoz, hogy akár egy szót is ki tudjon ejteni a száján.

– Figyelj ránk, ha hozzád beszélünk! – mondta a kisebbik, azzal feljebb fordította a lány fejét.

– Nézd, milyen fura szeme van! – mutatott Violet-re a valató tanonc.

– Ne figyelj rá! Ne vonja el figyelmed! – felelte a másik.

– Ha nem árulod el, hogy hívnak, levágunk egy ujjat! – szólt hozzá ismét. Semmi válasz. Violet látszólag teljesen kizárta a külvilágot.

Az inkvizítorok egy pillanatig sem vártak tovább. Elővették a nagyollót, mire mindenki elkezdett kiabálni a szobában. De azok meg se hallották a kiáltozásokat, kegyelmet nem ismerve, egyetlen mozdulattal lenyisszantották Violet egyik ujját. Sikolyok töltik meg a szobát. A lány könnye és vére a földre hullott. Ace elvesztette minden hidegvérét. Nem tudta eldönteni, sírjon vagy dühöngjön. Violet minden egyes könnycseppje csak tovább fokozta kétségbeesettségét.

– *Ace! Nem gondolod, hogy igyekezni kéne?* – szólalt meg a régóta eltűnt hang.

– *És mégis mivel igyekezzek?! Nem látod, hogy mozdulni sem bírok?!*

– Ez elájult. – jelentette a tanonc.

– Pofozd fel, csak megjátssza! Senki nem dől ki egyetlen ujj miatt. – parancsolta az inkvizítor, mire a tanonc erősen arcon

110

csapta a lányt. Azonban tévedtek. A lány egyáltalán nem reagált semmire.

– Ha nem engedsz szabadjára most azonnal, az lesz életed legnagyobb hibája! – figyelmeztette Ace-t a kísérője. – Jól figyelj rám! Ennél egyszerűbb már nem is lehetne a helyzeted. Azok ott az ellenségeid és meg fognak ölni titeket! Ezt akarod?!

– Nem! – zokogta Ace.

– Akkor meg mire vársz?! Tedd a dolgod! Tedd, amit tenned kell! Ne érezz kétkedést! Ne érezz megbánást! Ne mutass kegyelmet! Teljesítsd be a szerződést és töröld el az ellenségeidet!

Ace maga előtt látta közös emlékeiket Violet-tel. Mikor sárkányon lovagoltak, a lány pedig átölelte. Mikor együtt olvasták a könyveket és kutatták a kastélyt. Mikor csak ketten voltak a tó partján és egymásnak dőlve bámulták a víz hullámzását. Most mindez elszállni látszott. Egyre halványabb lett. Egy ponton azonban a félelem és a kétségbeesés hirtelen megszűnt. A levegő elhűlt. Mintha megállt, de legalábbis iszonyatosan lelassult volna az idő Ace körül. Nem volt teljesen tudatában annak, mi is történik pontosan vele. Zokogása teljesen elállt. A könnyek, melyek a fiú lehunyt szemeiből hulltak, egyszerre vöröses színt öltöttek. Lélegzetvétele egyre gyorsabb lett. Szemhéján keresztül látszódott, ahogyan a szivárványhártya lassan vérvörösen kezd izzani.

– Nem érdekel, ki mit gondol rólunk! Nem érdekel, milyen messzire száműznek! Ha így lesz, hát így lesz! Megmondtam, hogy soha többé nem akarom Violet-et olyan szemekkel látni, mint akkor! Döntöttem! Elpusztítom őket! Kiírtom mindet! Látni akarom, ahogy elfolyik a vérük! Ölni! Ölni! Ölni!

Ace felnyitotta szemét. Egyetlen pillanat alatt minden megváltozott. Világossá vált, mit is kellett tennie. Fülsüketítő ordításba kezdett, hangja egyre mélyült és mélyült egészen addig, míg felismerhetetlenné vált. Haja a tövétől elkezdett lefehéredni, lebegett. Bőre teljesen elszürkült. Köteleit úgy szakította el, mintha azok puszta cérnaszálak lettek volna. A látvány iszonytató volt. Ace-ben elszabadult valami. Egy eddig lappangó, félelmetes szörnyeteg. Az inkvizítorok legszörnyűbb rémálma testet öltött előttük. Ace minden egyes lélegzetvétele, pillantása terrorral súlytotta a vallatókat és az őröket. Felszínre tört a pokol haragja, a démon ereje. A levegő is elnehezült körülötte, féktelen dühe és vérszomjas gyűlölete minden bátorságot és akaraterőt megtört a vallatókban és az őrökben.

– Te jóságos Isten! – mondta rémülten az inkvizítor. A számszeríjak lövedékei úgy pattantak le Ace bőréről, mintha azok puhák és tompák lettek volna. Az elszabadult és immár visszafoghatatlan, Ace rávetette magát az egyik vallatóra, átugorva a szobát. Hatalmas karmokat és fogakat növesztett, azokkal marcangolta szét áldozatát. De nem állt meg. Senkit nem hagyott elszaladni. A lovagoknak semmi esélyük nem volt ellene. Egyetlen csapással törte át a legerősebb ajtókat, amelybe a falak is beleremegtek. A rácsok vaskos fémrúdjait úgy hajlította el, tördelte és tépte szét, mint holmi nádszálakat. Lovakat megszégyenítő gyorsasággal futott. Mikor az utolsó őrt is leszorította a földre, az a többi társához hasonlóan kegyelemért esedezett.

– Én mit ártottam neked?! Kegyelmezz! – könyörögte az őr, miközben alig jutott levegőhöz.

– Nincs félreértés! Nincs megbocsátás! Nincs meghátrálás! Nincs kegyelem! – ordította a fiú az elképzelhető legmélyebb hangon, majd egyetlen csapással kivégezte.

Egyetlen éjszaka alatt a kastély egész népét kiűzte, az őröket és lovagokat mind meggyilkolta. Még társai köteleit is elvágta, így azok el tudtak menekülni. Mire dühöngése végére ért, összeesett a földön, minden bizonnyal a fáradtságtól, amit irdatlan ereje okozott. Karmai elporladtak, haja visszaváltozott barnává. A bőre is visszakapta eredeti színét. A boszorkányok mindenféle ellenállás nélkül tudták elhagyni a kastélyt. A lovakat elkötötték. Úgy szállították el Ace-t, hogy ő eszméletlenül feküdt a ló hátán. Nehéz is volt az állaton tartani. Bár kiszabadultak a fogságból, egyikük sem szólt egy szót sem. Álmaikban sem gondolták volna, hogy soraikban egy pokolból kiemelkedett rejtőzik. Megrémítette őket, de egyben hálásak is voltak azért, hogy egy ilyen kártya került a kezükbe.

Korántsem volt még azonban vége. A Basiliscus egész egyházát magukra haragították. A kastélyban a vérengzés olyan volt, mint egy hadüzenet a rend számára. Nem fog sokáig tartani, míg rájuk szabadítják minden erejüket.

14. fejezet

Az utolsó lélegzetemig

Ace, Violet és a Blackwell testvérek elrablásával egy időben egy
sokkal nagyobb szabású hadművelet is elindult. A Basiliscus-rend
puccsot hajtott végre azon az éjszakán. Ez az oka annak, hogy
nem azonnal rohantak az elmenekülő fiatalok után. A lovagok
jelentős része el volt foglalva Aeren átvételével. A királyt hamis
vádak érték, háta mögött ellene szövetkeztek. Annak ellenére,
hogy mekkora veszélynek volt kitéve, el tudott menekülni tá-
madói elöl, így most ő az első uralkodó, akit Aeren történetében
száműztek trónjáról. A neve III. Cygnus Hortensius király.

Ace tette páratlan, nemcsak az ő korában, de az egész törté-
nelemben, ami a Basiliscus elleni támadást illeti. Az atrocitás,
ami a Magnus-kastélyban történt, legalább akkora zavargást
okozott a Basiliscus legfelsőbb vezetésének, mintha egy kő-
ben elbotlott szekér tartaná fel a mögötte álló, hosszú sort. A
váratlan, félelmet keltő ellentámadásban 20 bástyalovag és 25
gyaloglovag vesztette életét, nagy részüknek családja is volt.
A gyerekek és feleségek, akiket hátrahagytak, nehéz sorssal
fognak szembenézni. Ez hát az ára öt ártatlan élet megmene-
külésének, amiből egyiküknek máris vér tapad kezéhez, halál
a lelkéhez. Ace, bár megmentette szeretett barátait és párját,
Violet-et, tettéért ártatlan gyermekek, férfiak és nők fizetnek
meg. Jogos a kérdés, ki okolható ezért a szörnyű tragédiáért.
Ace, aki azon éjszakán fedezte fel haragja és gyűlölete által
táplált erejét, majd azt kihasználva 45 lovagot pusztított el
barátai és egy tündér megmentése érdekében? Vagy Theodo-
rus, ki azelőtt is bűntelen emberek százait küldte a gyötrelmes
halálba a Basiliscus nevében? Esetleg azok, akik mindezen ese-
mények mögött álltak azzal, hogy megalapították az egyházat?
Ki tudhatja ezt? Azonban egy másik dolog is megmutatkozott

a Magnus-kastélyban történt mészárláskor. Az erőszak, amely a történelmünkkel egyidős, a számtalan hazugságok és nézeteltérések, a béke és harmónia lehetőségének elpusztítása, az aljasság és kapzsiság, a hatalomvágy és az irigység visszavonhatatlan, felbecsülhetetlen károkat eredményezett mindenhol a világban az évszázadok és évezredek során, amelyek mind Ace tettéhez vezettek.

Rossz ötletnek tűnhet visszamenni ugyanabba a kastélyba, ahol elfogták Ace-éket, azonban nem volt más választásuk, szükségesnek tartották a minél előbbi távozást. Menekülést szerveztek a világból, egyenesen Tír na nÓg-ba. Erre egyetlen, még időben működő módszer jöhetett számításba, mely a sárkányok rejtélyes utazási képessége volt. Először is, keríteniük kellett egy sárkányt, amiről Violet tud gondoskodni. A várakozás idegtépő és fárasztó, a félelem, hogy bármikor beronthatnak a lovagok a kapukon, mindig velük volt. Mindezek mellett még egy sárkány sem jelent meg az égen, hogy segítségükre lehessen. A legijesztőbb dolog az volt az egészben, hogy nem tudhatták, működött-e a sárkányok hívása, vagy sem.

Dél lehetett, mikor Ace először kezdett ébredezni hosszú álmából, ami azóta tartott, hogy dühöngésének végére ért. Úgy esett össze, akár a megfáradt inas a fáradalmas munkanap után, és úgy ébredt fel, mint akit fejbe vágtak. Arccal felfelé, Violet volt az első dolog, amit látott, ahogy a lány lenéz rá. Szokatlanul érezte a fejét, mintha nem párnán pihentetné, hanem valami attól is puhább valamin. Tettének minden egyes részletére emlékezett, démoni dühe alatt teljes kontrollt tartott maga felett. Életében soha nem ontott vért, egy szörnyetegként gondolt magára cselekedete miatt. Akkor minden félelme és kétségbeesettsége egy szempillantás alatt elillant és változott át fékezhetetlen haraggá, vérszomjjá. A lány arcán aggodalom és szomorúság látszott. Violet szomorúsága ugyanakkor Ace-re is átszállt.

– Meddig voltam így? – kérdezte Ace, fáradt hangon.

– Néha felébredtél, de már napok óta alszol. – jött a válasz Violet-től egy halvány, letört mosoly kíséretében. Tekintete ahhoz volt hasonlítható, mikor legbelül tudja az élőlény, hogy amit

115

tesz, az nem helyes, mégis meg kell békélnie vele, mint egyetlen megoldással, ami szóba jöhet.

– De hát én nem is emlékszem arra... Hol vagyok? – kérdezte ártatlan hangon.

– Szerettem volna vigyázni rád, míg fel nem ébredsz, szóval... – mondta elpirulva.

Kicsivel később Ace visszanyerte eszméletét, újra érezte végtagjait. Nem telt sok időbe, mire rájött: egy ölpárnán pihent feje, amit Violet nyújtott számára.

– Szóval, nem volt álom? – Ace meg szeretett volna bizonyosodni a valóságról, bár kérdése inkább volt költői kérdés.

– Nem. Nem volt az. – felelte, azzal felmutatta bekötött kezét bizonyítékként arra, hogy minden, ami tegnap történt, valóság volt.

– Én annyira sajnálom. – mondta együttérzően.

– Ace, hamarosan elhagyjuk ezt a világot. – jelentette ki búsan. – Nem muszáj hátrahagynod mindent, ha nem szeretnéd...

– Ezt hogy érted? Én is veled jövök, bárhova mégy. – kelt fel Ace a lány öléből. Feje még mindig fájt: nem tudta, mitől.

– El kell menekülnünk. Nekünk már nincs itt maradásunk. Ahogy mondtad, a könyv sehol nincs biztonságban, de mi sem. Azzal, amit tettél, magadra haragítottál mindenkit a Basiliscus-rendből.

– Ha ez a helyzet, nincs mit tenni. – felelte Ace.

– Felébredt már? – nyitott be az ajtón Avalon.

– Itt vagyok. – válaszolt Ace.

– Már a láthatáron vannak a boszorkányvadászok. – figyelmeztette barátait rettegő hangon.

– Megérkeztek a sárkányok? – kérdezte Violet.

–Egyáltalán nem. Jobb lesz, ha jöttök. – mondta, majd távozott.

Ace, mielőtt kilépett volna a szobából, látta, hogy Violet ugyanúgy nézi a talajt, ahogyan azt szokta, amikor nagyon maga alatt van. Ezúttal a fiú tudta, mi az oka. Ő maga.

– Violet. Akárhány embernek kellett meghalnia, azért volt, hogy megvédjelek benneteket. Ha nem teszem, akkor lehet, hogy soha többé nem látjuk a szabad eget. – mondta óvatosan.

– Én ezt nem értem. – mondta könnyezve Violet. – Miben volt különb, amit tettél bármi más, erőszakos dologtól?

– Kérlek, ne sírj! – mondta, majd átölelte szorosan, közben a lány hátát dörzsölgette kezével. – Megfájdul tőle a szívem.

– Miért? Így sohasem fog megszűnni az erőszak az emberek közt. – szipogta. A fiú kézen fogta két kezével, majd belekezdett rögtönzött beszédébe.

– Valóban nem. Soha nem fog. Amíg két ember él a világon, addig nem. Nem tudunk nélküle élni, mivel ez a természetünk része. De egy valami igenis különbséget tesz köztem és mások közt. Ez nem más, mint a szándék. A boszorkányvadászok azért erőszakoskodnak, hogy ártatlanokon uralkodhassanak. Hogy bántsák a védteleneket. Hogy elnyomják őket. Ezzel szemben én azért, hogy megvédjem azokat, akik fontosak számomra. Sohasem akartam ezt. Én nem akartam bántani senkit. De nincs más választásom. A Basiliscus soha nem fog békén hagyni sem engem, sem téged, sem a Blackwell testvéreket. Az életünk nem ér nekik semmit. Amíg élünk, üldözni fognak bennünket, míg el nem vesznek mindent, ami számunkra kedves. A hatalomért cserébe bármire képesek. Amint megszerzik a szükséges tudást ahhoz, hogy eljussanak Tír na nÓg-ba, leigáznak titeket. Rabszolgasorba taszítanak, eltaposnak, elpusztítanak. A békés tárgyalások soha nem fognak ellenük működni. Nem értenek a szép szóból. Én márpedig ezt nem fogom hagyni. Azt kívánom, bárcsak lehetne más megoldás! De nincs. A Basiliscus és a hozzá hasonlók nem hagynak más lehetőséget. Ők kényszerítenek bele a harcba. A legrosszabb, amit tehetünk az az, ha nem teszünk semmit. Ez hát az, amiben különb vagyok a Basiliscus-nál.

– Egyik segíti, a másik eltapossa társait. – vonta következtetését búsan, Violet.

– Azért bújunk gyakran hazugságok mögé, mert fáj az igazság. Néhányaknak ez az egyetlen út az „életben maradáshoz". Az igazság elfogadása nálunk azt jelenti, hogy szomorúságban éled le az életed.

– Mert kevesek fogadják el az igazságot és a nagyrészük inkább választja a hazugságot?

– Így van. És akinek ez nem tetszik, az egyedül fog maradni, talán örökre.

A csörtetés egyre hangosabb lett. A madarak felszállással jelezték, hogy éppen merre tart a lovag zászlóalj. Abban sem lehettek biztosak, hogy tudnak a lovagok arról, hol vannak. A vágtázó lovagok hangja, a szekér zaja, a fegyverzet csörgése, mind emlékeztett a százhatvan évvel ezelőtti éjszakára, mikor a professzor úr, Cornelius Corvinus élete útja végére ért. Ő képes volt feláldozni magát mindenki biztonsága érdekében, de vajon Ace és társai is meg tudják-e tenni? Kint, a kastély udvarában ragadozó állatok gyűltek, mind egy céllal: megvédeni szeretett tündérüket, ki éveken át védelmezte őket. Ezt látva a jelenlévő fiatalok megláthatták a bátorság igazi fogalmát. Amikor a náluk fejletlenebb élőlények is tudják, mit jelent az önfeláldozás, az önzetlenség. Elgondolkodtató volt látni, ahogyan felsorakoznak a farkasok és medvék az erdő minden részéből, nem törődve egymás rivális múltjával, mindannyian a tündér érzelmeire válaszolnak. Egyúttal aggodalommal töltötte el őket a tudat, hogy a puszta karmok és állkapcsok ereje kevés lesz páncélba öltözött, felfegyverzett lovagok ellen.

– Ez így nem lesz jó. – mondta Ace, aggódva. – A halálba fognak rohanni az állatok.

– Féltenek minket. – felelte Violet. – Engem és titeket is féltenek. A farkasok úgy tekintenek ránk, mint falka tagokra, a medvék, mint családtagokra. Elképesztően okos állatok.

– Ezt nem kétlem. – jegyezte meg Jacob. – Mi legyen? A többiek még mindig nem érkeztek meg.

– Való igaz. Talán megnehezíthetjük a dolgukat, ha elbújunk az erdőben. – közölte a lehetőségeket Samara. – Addigra talán megérkezik a segítség.

– Milyen segítség? – kérdezte értetlenkedve Ace a boszorkányoktól.

– Ti segítséget kértetek. És mi válaszolunk rá. – szólalt meg egy ismeretlen férfihang a hátuk mögött.

Sötétruhás alakok érkeztek, lovakon. Valamennyiük karddal és valamivel kisebb számszeríjakkal. Némelyiküknél egyéb, különleges felszerelések is voltak. Ezen a ponton, Ace már meg sem lepődött azon, miféle szerzetek bujkálnak még Farasil sötét fenyőerdejében, akárcsak a nem mindennapi látványokon, mint például sárkányok és természetfelettinek tűnő erőkön, nem is beszélve a rengeteg, ellentmondásos jelenségen. Több tucat felfegyverzett boszorkány, elnyomott és félreértett népük védelmezői.

– Látom, szép számmal érkeztetek meg. Hálásan fogadjuk segítségetek! – köszöntötte Samara boszorkánytársait.

– Én és negyven bajtársam azért jöttünk, hogy segítsünk bajba jutott barátainkon. Ahogy elnézem, még az állatokat is összegyűjtöttétek. – mondta egy másik boszorkány, a lován ülve.

– A Basiliscus a nyakunkon van. Épp ide tartanak azért, hogy elvegyék az életünket. Ők a boszorkányok tudásának jogtalan bitorlói. – mondta Samara.

– Többszörös túlerővel nézünk szembe! – mondta aggódó tekintettel Jacob.

– Mi pedig ismerjük az erdőt, ráadásul itt van ez a kastély. A körülményeket használjuk előnyünkre. – mondta a harcos magabiztosan. – Csak semmi hirtelenkedés, barátaim. Akinek nincs fegyvere, menjen a kastély tetejére. Mi lesből támadunk, ha a helyzet úgy kívánja. Elsődleges célunk a védelem.

És így is tettek. Ace-ék fentről, a kastély öreg bástyáiról figyeltek, a harcosok fákon, falak mögött, bokrokban bújtak el, várva az ellenségre. Ez nem volt elmondható az állatokra. Azok meg sem próbáltak elbújni, szemtől szembe néztek farkasszemet a közeledő lovagokkal. A taktika hatásosnak bizonyult. A lovak megrémültek a ragadozó, fogvicsorgató fenevadakkal szemben, olyannyira, hogy nem merészkedtek tovább, még gazdáik unszolására sem.

– Mi a fészkes fene? Mit jelentsen ez? – mondta meglepődve a zászlóalj vezetője.

– Mitévők legyünk? – kérdezték a mögötte várakozó lovagok.

– Leszállás! A lovakkal nem tudunk közel jutni. – parancsolta katonáinak, mire azok nyugtalanul követték az utasításokat.

– Miféle boszorkányság ez? – kérdezték a lovagok egymás közt. – Vadakat megbabonázni és azokat beállítani pajzsnak.

– Rántsátok elő a kardot! Gyalog megyünk tovább!

– Kapitány, ez őrültség! – mondták sorban a katonák.

– Mit nekünk pár vadállat?! Meglesz a vacsoránk ma estére és mindannyiótoknak jut egy-egy trófea! Emlékezzetek, mire esküdtetek fel. Megvédjük a népet a fekete mágiától és a boszorkányoktól, az életünk árán is!

– Megtorpantak. – suttogta Ace.

– De nem sokáig. – ellenkezett Samara. – Ezeket semmi sem állítja meg. A babona irányítja elméjüket.

– Rohamra! – üvöltötte a kapitány, mire a zászlóalj megindult az állatsereg felé.

A medvék hátul, a farkasok azok előtt rohantak a lovagok felé. Mikor körülbelül tizenöt méterre lehettek tőlük, az íjászok leguggoltak, majd nyílzáporral fogadták az első sor farkasait. Sokuk azonnal elesett a támadástól, a többiek azonban rendületlenül haladtak tovább előre. Hamarosan szörnyű összecsapás vette kezdetét kardok és lándzsák, fogak és karmok között. A történelem soha nem látott még efféle ütközetet. Ezen a sokat látott boszorkányok is kénytelenek voltak átértékelni eddigi elképzeléseiket. De nem tartott sokáig, mire azok csatlakoztak a küzdelemhez. A fákról íjászok lőttek a hátsó részen elhelyezkedő lovagokra, a bokrok közül váratlanul mérgezett nyilakkal támadták a lovagok védtelen pontjait. A legnagyobb erőt azonban mégis a puszta, nyers erő biztosította, óriási medvék képében. Hatalmas mancsaikkal egyetlen csapással leterítették a katonákat, akik sokszor meghátráltak, hezitáltak. De mind hiába volt. Lassan a lovagok áttörték az önmagukat feláldozó állatok védelmén és a kastély felé vették volna útjukat, de a boszorkányok továbbra is meglepetés-támadásokkal lepték el őket. Violet nézni sem bírta, ahogy egymást pusztítják el az emberek és állatok. Csak nagyon kevesek állták még mindig a sarat az állatok sorai közül, azok is csak a saját kitartásukra és a boszorkányharcosok segítségére hagyatkozhattak. Sokan elestek mindkét oldalon, a lovagok kezdetben 100 katonával rendelkeztek, melynek a fele áldozatul esett az állatok seregének és a boszorkányok nyilainak. Ezzel szemben a lovagok legyőzték a medvéket és farkasokat. Az egyetlen medve, aki még mindig talpon maradt, Karmos volt, de ő is egyre reménytelenebbül küzdött. Látva szenvedését Violet úgy döntött, nem nézi tovább a szörnyű vérontást. Kirohant a kastélyból és az egyik lovagra mutatott.

– Bocsássatok meg nekem ezért!

A lovag, aki kardjával végső csapást mért volna Karmosra, a medvére, hirtelen elejtette fegyverét, mintha az túlságosan nehéz lenne. Nehéz volt megmondani, mit is láttak akkor. A kardját elejtett katona zihálva térdelt a földön, végül holtan esett össze. A lány, bár nem szándékosan, de végzett társával. Ezt látván, a lovag társa célbavette Violet-et.

– Megfizetsz, te szajha! – üvöltötte a lovag, bajtársa elvesztése láttán.

– Ez véle... Véletlen volt! – Attól a pillanattól kezdve Violet előtt egy teljesen új világ nyílt meg. Talán legbelül maga sem sejtette, hogy tiszta kézzel fogja elhagyni Aeren-t.

– Mindenki, elő a rejtekből! – kiáltotta a boszorkányok vezetője. – Ha nem támadunk, mind itt veszünk! Vagy mi, vagy ők. Mindent bele!

– Violet, vigyázz! – kiáltotta Ace, miközben a lány felé rohant minden erejével.

Mintha megállt volna az idő. Egy pillanatra minden elcsendesült. A fájdalom villámként csapott le. Mikor Ace elérte Violet-et, megragadta karját, majd átkarolva őt, elfordult vele, testével védte a számszeríj lövedékétől. Nem volt ideje gondolkozásra. Úgy érezte, mintha a teste magától cselekedett volna.

– Sajnálom! Elkéstem. – mondta kínok közt Ace. A számszeríj nyila mindkettejüket átdöfte. A legkisebb mozdulatot is borzalmas fájdalom követte.

– Ne haragudj, Ace! Muszáj volt tennem valamit. – mondta Violet, a fájdalomtól könnyezve.

– *Miért történik folyton ez? Miért kell újra és újra szenvedni látnom Violet-et? Mit csinálok rosszul? Nem volt elég, amit műveltem?!* – gondolta magában, miközben a fájdalom lassan elviselhetetlenné vált.

A fiú mozdulni sem mert, a lányt továbbra is átölelve fogta. Kétségbeesettül nézte, ahogy Violet baloldalát átszúrta a nyíl hegye. Attól félt, hogy a lövés a tündér szívét találta el. Fogalma sem volt, mihez kezd majd, ha elveszíti Violet-et. A puszta gondolattól is rosszul lett. Úgy érezte, menten elájul. De nem. Ez nem lehet a vég, gondolta.

– *Violet sokkal többet érdemel annál, hogy ilyen körülmények közt haljon meg, egy ilyen helyen! Na persze! Nem és nem! Nem lehet, mert nem hagyom!*

Ace dühe újból előtört. Nem tudta elképzelni, hogy szerelme a karjaiban, fájdalmak közt élje le élete utolsó pillanatait, akárcsak a lány húga két évvel ezelőtt. A fiút elöntötte a harag, a megvetés. Olyan érzés fogta el, mintha menten lángra lobbanna vére. Ezúttal tisztában volt vele, mire készül. Újra életre kelti vérszomjas démonját, hogy azzal fizessen vissza minden fájdalmat megfizessen a Basiliscus lovagjainak. Ismét felöltötte félelmetes formáját. Haja fehérré változott, bőre szürkévé, szeme vérvörös színben izzott. A nyilat, mely összetartotta őt és Violet-et, félbetörte. Nem is próbálkozott kivenni sem magából, sem a lányból a nyíl darabjait, azzal a hátában támadt a lovagokra.

– Mit rejtegettek itt? Miféle szörnyeteg ez? – kérdezte magától ijedten a boszorkányok vezetője.

– A démon! – kiáltották a lovagok rémületükben.

Ace újból lesújtott a Basiliscusra. Ahogyan azt első alkalommal is tapasztalták, semmi esélyük nem volt ellene. Egyetlen csapással messzire repítette áldozatait, ütései és karmolásai úgy hatoltak át a páncélon, mint kés a vajban. Gyorsaságával nem vehették fel a versenyt. A fiú egy szempillantás alatt megváltoztatta a csata állását, ez nem volt kétséges. A pillantásától a lovagoknak földbe gyökerezett a lába. Démoni üvöltése hidegrázó volt, harcmodora elrettentő hatást keltett. Olyan ádáz harcossal sosem találkozott még lovag, mint amilyen az előttük megtestesülő rémálom volt. Egymás után estek el a fiatal katonák Ace kezétől, aki egyáltalán nem törődött az életükkel. Őt csak egy valami érdekelte: hogy senkit ne hagyjon élve. Abban a pillanatban egyáltalán nem érdekelte, hány embernek kell meghalnia azért, hogy eltörje a Basiliscus fogát.

A csata véget ért. Ace a földön fekve kapkodta a levegőt, minden megmaradt erejével koncentrált, hogy ne ájuljon el ismét. Reménytelenül kúszott Violet felé. Vonszolta magát a sáros, véráztatta csatamező talaján, miközben a Blackwell testvérek a sebesülteket próbálták ellátni.

– Sajnálom, hogy ezt látnod kellett. – mondta erőtlen hangon. Érezte, hogy hamarosan búcsúznia kell. A lány a földön térdelve szédelgett. Testét nehéznek érezte.

– Ace, könyörgök, tarts ki! – mondta halkan, könnybe borulva.

– Hálás vagyok minden egyes percért. Minden egyes pillanatért, amit veled tölthettem. – Ace lassan odaért Violet-hez, majd átkarolta.

– Tartsatok ki! Mindjárt itt a segítség! – ordították a testvérek. Az égen a fellegeket egy hatalmas lökéshullám szétlökte. A sárkányok megérkeztek.

– Bocsáss meg nekem, hogy így kell elbúcsúznom! – mondta sajnálkozva Ace. Egyre homályosabban látott, émelygett. Rettenetesen fázott.

– Nem halhatsz meg, Ace! Nem halhatsz meg! Maradj velem! – könyörögte kétségbeesetten Violet.

– Hálás vagyok azért, hogy megismerhettelek. Boldogan fogok visszaemlékezni minden egyes pillanatra. Ne sírj, kérlek. Tudod, hogy megfájdul a szívem tőle.

– *Ace, mennünk kell.* – suttogta egy hang, mélyen legbelülről.

– Emlékszel, mikor először találkoztunk? Jól rám ijesztettél, bevallom. – nevetett erőtlen hangon.

– Ace, kérlek! – rázta Ace vállát.

– Utólag belegondolva, igenis megérte. Eszembe is jutott: még sosem mondtam ki, de azt hiszem, most már itt az ideje...

– Ace. – sírta Violet, szorosan átölelve Ace-t.

– Violet... Én... Szeretlek!

Majd lehunyta szemeit. Békésen, hálás mosollyal az arcán.

15. fejezet
A Sötétség világa

– Megérte, Ace? – kérdezte egy hang a semmiből.

– Ki az? Ki beszél? – kérdezett vissza, Ace. Fény és sötétség váltakozott előtte. Szokatlanul könnyűnek érezte magát.

– Azt kérdeztem: megérte a végén? – Ace hamarosan, meglátta a hang tulajdonosát apja képében.

– Te mit keresel itt?! – dühödött fel a fiú.

– Hogy én? Sokkal inkább te mit keresel itt? – javított a kérdésen Theodorus. – Te nem tartozol ide, a világra. Mégis itt vagy. Különös, nem igaz?

– Én ezt nem értem. Egyáltalán hol vagyok? Mi ez a hely? – nézett körül.

– Erre a kérdésre én sem tudom a választ. – felelte nyugodtan. – De felteszek egy jobbat: mit gondolsz, hős vagy? Megmentetted a boszorkánybarátaid életét. Cserébe lemészároltál számtalan, parancsot teljesítő lovagot. Sokakat személyesen ismertem, családjuk is volt. Hős vagy? Azért kérdezem, mert a tetteid azt sugallják, hogy semmiben sem különbözöl egy gátlástalan bünözőtől. Egy utolsó boszorkánytól, akik ellen az egyház küzd.

– Én nem vagyok olyan, mint ti. – jelentette ki Ace. – A szándékaim teljesen ártatlanok...

– Ártatlanok? – vágott a szavába Theodorus. – Azok lennének? Netán az a szándékod, hogy hidegvérrel megölj mindenkit, akiben ellenséget látsz? Ezáltal te leszel a leghatalmasabb élőlény világon? Ennyire ártatlan lenne?

– Szó sincs erről! Én csak békében akartam élni, de ti el akartatok venni tőlem mindent. – ellenkezett. – Ti egy velejéig gonosz és önző banda vagytok, akik semmilyen kegyelmet nem ismernek és csak a hatalomra fáj a foguk.

– Hajjaj, Ace! – sóhajtozott. – Hallod ilyenkor magad? Jó és
gonosz? Ugyan. Mit érsz el azzal, hogy megpróbálsz jelentést
adni ezen jelentés nélküli fogalmaknak? Elkülöníted a kettőt
saját érzésed szerint, majd kikiáltod magad jónak? Te, aki képes
volt legyilkolni több mint száz katonát mindössze öt barátodért?
Vagy azért, hogy mentsd a bőrödet? Egy kicsit sem tűnik ez neked
önzőnek? Azok az emberek feláldozták magukat mások életé-
ért, nem törődve a saját életükkel. Ők önzetlenül cselekedtek.

– Hazugság!

– Na és kegyelem? Ne nevettess! Hiába nevezel kegyetlennek
bennünket, ha te magad meg sem hallottad áldozataid könyör-
gését. Aztán pedig a hataloméhséget is említetted. Azt mondod,
győzedelmeskedjünk ellenségeink felett hatalom, erő nélkül?
Ez olyan, mintha megpróbálnál sakkozni mindössze a király
birtokában.

– Hazudsz, érzem! Azok a lovagok a halál szemébe néztek és
megfutamodtak! Láttam elszállni minden bátorságot és fegyel-
met belőlük, mikor utolérte őket a végzetük.

– Az lényegtelen, mit érzel, fiam. – mondta nyugodtan. –
Amik igazán fontosak, azok a tények. Te képtelen voltál életed
adni azért, hogy a katonák hazamehessenek családjukhoz. Ők
mindenüket eldobták a nagyobb jó érdekében. Ugyan, mit számít
az, ha félik a halált? Mindenki féli. Ez a mi létünk része. Féltek,
mégis feláldozták magukat.

– Hazudsz. Te nem láttad azt a csatamezőt. Nem láttad, mi-
képpen futnak az életükért a lovagok.

– Ez igaz. Mindig akadnak néhányan, kik a végső pillanat-
ban visszavonulnak. Nem szerették volna, ha gyermekeik apa
nélkül nőnek fel. Ti azonban elvettétek a lehetőséget tőlük. Ki
is akkor a gonosz?

– Semmit nem láttál abból, amit én!

– Ó, dehogynem. Csak nem felejtetted el, hogy ott voltam,
mikor a végső összecsapás megtörtént? Mikor százak, ezrek üt-
köztek össze. Mikor az egész völgyet belepte a félelem és a halál
jelenléte. Kik elsőként értek egymáshoz, mind odavesztek. Barátok
adták egymásért életüket, sokuk alig húszéves volt. Jómagam

is folyton rettegtem attól, hogy én leszek a következő. Ott rejtőztem a holtak közt, akár egy patkány. A szag elviselhetetlen volt. Még most is emlékszem az arcukra, akiknek elvettem életét. Az a kis csetepaté a kastélynál semmi nem volt ahhoz képest.

– Eleget hallgattam ezt! Nem tudsz meggyőzni! Nem érdekel, mibe kerül, én akkor is meg fogom védeni a barátaimat!

– Ez figyelemre méltó. – jegyezte meg Theodorus. – Nagyon hasonlítunk egymáshoz. Az alattam szolgáló lovagokra én is mindig úgy tekintettem, mint családomra, barátaimra.

– Egyáltalán nem hasonlítunk. Mégis miért nem jöttél vissza, mikor vége lett a háborúnak?!

– Ennek egyszerű oka van. Elhatároztam, hogy valami sokkal nagyobb dolgot fogok végrehajtani. Felküzdöttem magam vezérlovagi rangra, a lovagjaim tisztelnek és szeretnek engem. Célom, hogy eltöröljem a káros elemeket a társadalomból.

– Hogyan is tudnád, mikor ti vagytok a káros elemek!

– Beszélgetésünknek soha nem az volt a célja, hogy ki győzi meg előbb a másikat. Ez nem egy vita, fiam. Semmi értelme nem lenne, mert mindannyiunk elméjében gyökeret vert saját elképzelése. Nem tudnánk meggyőzni egymást, ily módon örökké vitázhatnánk. Csak az a kérdés, melyikünk lesz képes valóra váltani terveit. Az én szándékom a boszorkányok eltörlése, a tied pedig, ha jól sejtem, ennek megakadályozása.

– Így igaz. Miért nem fejezzük be itt, azonnal?! – azzal apjának rontott. Azonban nem tudta eltalálni támadásaival. Theodorus eloszlott, akár a köd.

Ace fejében hangok sokasága zengett. Kínozta a lovag hangja, akiket megölt. Bár nem látta, nem ismerte fel az embereket, szinte biztos volt benne, hogy őket hallja.

– Mit tettél, fiú? – hallatszott a siránkozó lovagok hangja.

– Halálba küldtél minket!

– Miért?

– Légy férfi és nézz a szemünkbe!

– Elvetted az életünket!

– Hallgass! – ordibálta Ace. Irgalmatlanul fájt a feje.

– Csatlakozz hozzánk! Gyere te is velünk!

– A fiam soha nem fog emlékezni az arcomra.

– Elvetted az életünket! Miért nem vállalsz felelősséget érte?!

– Violet-ért tettem! És bármikor megteszem mégegyszer, ha kell! Mindannyiótokkal végzek!

Végül minden elcsendesedett. A fiúnak már fogalma sem volt arról, hogy álmodik, vagy a valóságot tapasztalja. Violet-et látta, egy fennsík szélén, a szirten állva. Kopár hegyek mindenhol, fű egyáltalán nem terem rajtuk.

– Violet? Jól vagy? Hol vagyunk? – kérdezgette a lánytól, miközben felé szaladt. A talaj eszméletlenül csúszós volt, de a még furább, hogy úgy érezte, alig halad.

– Miért tetted ezt, Ace? – kérdezte bosszúsan a tündér.

– Hogyan? –kérdezett vissza, értetlenkedve.

– Miért vezettél ki az erdőből?

– Én csak... – próbálta megmagyarázni.

– Miért rángattál bele ebbe az egészbe? Hol voltál, mikor megtámadtak azok a gonosz emberek? Mikor a sötétben sírdogáltam, egyedül. Reménytelenül.

– Én jöttem, ahogy csak tudtam. Én nem akartam, hogy mindez megtörténjen...

– De mégis megtörtént. – mondta Violet, majd megfordult. Szemei ijesztően sötétek és élettelenek voltak.

– Sajnálom!

– Ace, fogd meg a kezem. Úgy fázom.

Ace kérdezés nélkül kézen fogta. A lány keze jéghideg volt. Valami nem stimmelt a lánnyal kapcsolatban. Kezének érintése nemcsak hideg, de ugyanolyan élettelennek hatott, mint amilyen a szeme látványa volt. Az érzés mardosta a fiú lelkét.

– Most pedig ölelj át. Majd' megfagyok.

Félelem lett úrrá Ace-en. Mintha nem is egy melegvérű élőlényt ölelgetne, hanem egy faragott jégtömböt. Úgy is mondhatnám, bizarr tapintása volt. A lány nagyot sóhajtott. Nyugodt és hálás sóhajnak tűnt.

– Most már jobb. – mondta mosolyogva Violet. – Ne félj, Ace. Látom, hogy remegsz. Én nem haragszom rád. Sosem tudnék. De most mennünk kell.

– Hova?...

Mielőtt megkérdezhette volna, a lány magával rántotta őt a mélybe. Kimondhatatlanul sokáig zuhantak. Egyre sötétebb és sötétebb lett. Úgy tűnt, alászállnak legmélyebb szakadékba a világon. Kútba, mely feneketlen, gödörbe, minek nincs vége. A sötétség világába, miközben a fiú érzékszervei egyenként felmondják a szolgálatot. Nem hallotta, mi történik. Nem érezte, mikor érnek földet. Nem látta sem Violet-et, sem a világot. Hamarosan egy hasonlóan sötét helyen találta magát, mint amilyenbe esett az előbb. Úgy érezte, mintha felébredt volna egy világban, melyben örök sötétség honol. Nyugodt volt minden, már-már zavaróan nyugodt.

– Hol vagyok? – kérdezte magától Ace. – Miért van ilyen sötét? Van itt valaki?!

Nem tudta eldönteni, egy helyiségben van-e, vagy a szabad ég alatt. Hangja hosszan elnyúlt a térben. Nem volt biztos abban, mit is tapos lábával. Néha füves felületet, néha félig-meddig puha, földszerű talajt. Nem érzett szagokat. Mintha egy apró, narancssárga fényt látott volna a messze távolban. Jobb ötlet hiányában elkezdett barangolni abba az irányba. Enyhén hűvösnek hatott a levegő amellett, hogy mennyire lágynak érződött. Minden olyan nyugodt volt, mint mikor a Hold eltakarja napot, az állatok pedig mind megfigyelőkké lesznek. Maga Ace is teljesen nyugodtnak érezte lelkét, akárcsak testét. Kis idő múlva meglátott egy holdat. Teljesen más volt, mint a Háromholdak. Egyetlen, óriási hold, ami alján fák körvonalai látszódtak. Annak ellenére, hogy nem látta a talajt, a hatalmas hold fénye visszatükröződött egy nagy tengerről. Csak az látszódott a vízből, ami a hold visszacsillanó fénye volt. Kis idő múlva rájött, a hold egy tenger horizontján volt, amely előtt egy sziget feküdt, magányosan.

– Üdvözöllek, kedves barátom, Ace Corvinus. – köszöntötte az eddig ismeretlen alak, mikor Ace elérte narancssárga fény helyét. Egy kisebb tábortűz volt az, farönkökkel körülötte.

– Jó estét! – köszönt vissza, félénken és ártatlan hangon.

– Este lenne? – kérdezte békésen a feketeruhás alak.

– Nekem úgy tűnik. – felelte. – Legalábbis, nagyon sötét van.

– Ó, vagy úgy! Azért van itt ilyen sötét, hogy megnyugtassa a holtak lelkét. – válaszolt mély, öreg hangon.

– Holtak lelke... hol vagyunk?

– Ez az a hely, ahol minden kérdés válaszra lel. Ahol a lélek megleli békéjét. Itt, ebben a világban. – felelte segítőkészen.

– Én... Meghaltam? – kérdezte gyanakodva.

– Igen, barátom. Gyere, foglalj helyet! – Majd a fiú lepihent egy tetszőleges farönkre.

– Ki vagy te?

– Nekem rengeteg nevem van. Hívj nyugodtan bárhogy. De ha azt kérded mit tevékenykedem itt, a válaszom: én vagyok az, aki elkísér a holtak ösvényén, egyenest a másik világba. Megválaszolom életed nagy kérdéseit. Ez az én hivatásom, én kísérem a holtakat.

– A Kaszás?

– Ha neked úgy tetszik.

– És te kísérsz?

– Mégsem vághat neki valaki egyedül a nagy ismeretlennek, nem igaz?

– Mit hallok most éppen? Mik ezek a hangok?

– A lelked még nem hagyta el testedet. – felelte. – Azért nem, hogy beszélgethessünk. A hangok, amiket hallasz, az a körülötted lévők hangja.

– Miről? – kérdezte Ace. Egyre lelombozottabban érezte magát. Nehezére esett elhinni, hogy tényleg elhunyt.

– Amiről csak szeretnél. Mikor a lelked elhagyja tested, mi is útnak indulunk. Ez pedig időt ad nekünk a kérdések megválaszolására.

– Violet hogy van? Ő is? – aggódott.

– Nem, ő életben van.

– De hát szíven találta a nyíl...

– Nem, nem találta el a szívét. A lány meg fog gyógyulni. – nyugtatta.

– Köszönöm! – Ace az arcába temetkezett.

– Az átszállás nem mindig a legkényelmesebb módon történik az emberi lélek számára. – jegyezte meg szomorúan a Kaszás.

– Miket láttam az előbb? – kérdezte Ace. – Az a rengeteg szörnyűség az előbb.

– Mind rémálmok. – felelte. – A nem természetes módon bekövetkező halál gyakori velejárója. Az egyén, mielőtt elhalálozik szörnyűségeket lát. Erről beszéltem az imént.

– Miért pont most? – kérdezte magától Ace.

– Te egy nagyon különleges fiú vagy. – mondta a Kaszás. – Csak nagyon kevés olyan lélekkel találkoztam eddig, mint a tied. Szövetséged van a Pusztítóval.

– Tessék? – kérdezte ijedten.

– A Pusztítóval. A lelkek pusztítójával. Azon kevesek egyike vagy, akik a szolgálatába léphetnek.

– Miféle szolgálatba? Miről van szó?

– Már le is járt az időnk. – mondta búslakodva. – Talán egyszer még találkozunk. A viszontlátásra!

– Ezt hogy érted? Várj!

Ace előtt hirtelen ismét elsötétült a világ. Testét különösen könnyűnek érezte, a hangokat egyre tisztábban hallotta a fejében.

16. fejezet

Tír na nÓg

Kellemes, meleg szellő ölelgette. A levegő még ezelőtt sohasem érződött ennyire tisztának és jó illatúnak. Azt gondolta: ilyen lehet a végső béke? A Nagy Ismeretlen országa? A világ, ahol a megfáradt lelkek nyugodnak? Álom és ébrenlét közt sodródott, nem tudhatta pontosan, mi is történik éppen. Hallotta a madarak élénk csicsergését, a levelek mozgását. A messze távolból mintha ének hallatszódott volna. Békés, lassú hangzású volt. Hangszer nem társult hozzá, az énekesek természetes, lágy hangjukat gyakorolták. Semmi kétség, ez volt a legtisztább, legszebb ének, mit fülével valaha is hallott. Épp csak egyetlen dolog hiányzott számára – szeme fénye.

– Ace! Ace, ébren vagy? – kérdezte egy ismerős hang, Ace kezét bökdösve. A fiú hamar felismerte, ki is szól hozzá. Violet, kinek hangja a legkedvesebb volt számára mind közül.

Nagyon lassan bár, de kezdtek visszatérni Ace érzékei. Egyre tisztábban hallotta a gyönyörű éneket, mely a távolból érkezett. Újra érezte végtagjait, szíve dobbanását, ami mintha egy kicsit fura helyen lenne. Nem a balján érezte a dobogást, hanem jobboldalt. Amely még ennél is furcsábbnak hatott, az az ügyetlen légzése és izmainak idegen érzete volt. Úgy érezte, mintha most tanítaná meg saját magának, hogyan kell mozogni. Egy puha kendő fedte szemeit. Mikor beszélni próbált, olyan volt, mintha már évek óta nem használta volna hangszálait.

– Violet? – szólalt meg, halk, fáradt hangon.

– Ace! Hát ébren vagy! – válaszolt a lány, örömteljes hangon, majd átölelte a fekvésben lévő Ace-t.

– Rendesen feladtad a leckét, fiatalember. – szólalt meg egy ismeretlen, férfihang. – Az ifjú hölgy nagyon aggódott érted. Szerencsére minden jól sikerült.

– Mi történik?... – szólalt meg ismét Ace. Megpróbált megmozdulni. Nem emlékezett rá, hogy ennyire megerőltető lett volna valaha is a felkelés. Kissé megalázónak találta.

– Nem, nem! Majd mi segítünk! Még túl gyenge a tested. – mondta a férfihang tulajdonosa, majd közelebb lépett hozzá. – Kérem, segíts, kislány! Ültessük fel!

– Miért a szemem bekötve? – kérdezte a fiú ártatlan hangon.

– A saját érdekedben. – felelte a férfitündér. – Hogy ne fájjon, mikor kinyitod. Még egy darabig rajtad kell lennie.

– Mi történt vele? – kérdezte, miközben tapogatta szemeit.

– Nincs vele semmi baj. Reméljük. – felelte. – Még sosem láttad vele a világot.

Ace gyanakodása egyre inkább beigazolódni látszott azzal kapcsolatban, hogy valami egyáltalán nem úgy van, ahogy az eddig volt. Minden egyes porcikáját idegennek érezte különösen akkor, mikor a lábára állt. Mintha csak ült volna éveken át, legalábbis hasonló gyengeséget érzett lábaiban.

– Ne aggódj, Ace! Majd én segítek a tájékozódásban! – mondta Violet, majd kézen fogta, úgy kísérte el egy sétán. – Bármenynyire is hihetetlenül hangzik, kérlek, próbáld meg feldolgozni!

– Micsodát? – kérdezte mit sem sejtve.

– Finoman szólva is ki lettél cserélve. – mondta a férfitündér. – Azt hiszem, ez a jó szó erre.

– Tessék? Mi történt velem? Meghaltam?

– Igen. – felelte a gyógyító. – A szó biológiai értelmében is.

– A minek az értelmében? – kérdezett vissza a fiú, soha nem hallotta még ezt a szót. – Nem is ez a fontos. Hol vagyok? Miért ilyen fura a levegő? De legfőképpen, miért érzem úgy, mintha odébb csúszott volna a szívem?

– Nyugalom, nyugalom! Minden kérdésedre előbb-utóbb választ adunk. De előtte szeretnék megmutatni valamit. – mondta Violet. Kis idő múlva megálltak egy köves területen.

Egy kicsivel erősebb volt a szél: úgy tűnt, mintha éppen egy szirtnél lennének. Levették a kötést Ace szeméről, ő pedig megláthatta azt, mit ember még sohasem látott előtte. Szóhoz sem jutott. Gyönyörű, élénkzöld rét, mely mögött hatalmas, havas hegységek terültek el, amíg a szem ellátott. Láthatáron túlnyúló erdőségek, magas fennsíkok, a hófehér felhőkkel tarkított, királykék égbolt. Minden olyan élénkszínű, élettel telinek tűnt. Mintha csak a beszédet látta volna megvalósulni maga előtt.

– Üdvözlünk szeretettel, Tír na nÓg-ban! Ace Corvinus. – mondta ünnepélyesen a gyógyító tündér.

– Én… Nem tudom, mit mondjak. – mondta megkönnyezve Ace. – Így néz ki az otthonod, Violet? Ez gyönyörű!

– Igazán köszönöm! – pirult el Violet.

– És akkor még nem láttad a tengereket. – tette hozzá a gyógyító.

A közeli faluba érve Ace megismerkedett a tündérek népével. Hasonló öltözékeket hordtak, mint Violet. Más szemeik voltak, mint nekünk. Az élénkzöld és kék különböző árnyalatai voltak jellemzőek, de ritkásabban az ibolyaszín is előfordult, mint amilyen Violet-nek is volt. Mindannyian boldog mosollyal az arcukon köszöntötték az új látogatót, kinek megadatott a lehetőség, hogy szemügyre vehesse őket. Sugárzott róluk a kíváncsiság, a nyugodtság. Ott csatlakoztak a többi, hasonló korú tündérhez, mint a gyógyító, aki végigkísérte őket útjukon. A fűbe leülve elmesélték Ace-nek, miképpen kötött ki Tír na nÓg-ban a fiú és mit is értett a tündér „kicserélés" alatt.

Mikor megérkeztek a sárkányok, Ace már nagyon közel volt a halálhoz. A lány elhatározta, hogy Iavoda hátán visszatér az országába Ace-szel, hogy a tündérektől kérjen segítséget. Végül Tír na nÓg volt Ace halálának helye. A lány képtelen volt elfogadni a fiú sorsát. Megkérte a legerősebb gyógyítókat, akik egyben tudósok is voltak – bármilyen módszerrel, de mentsék meg őt a fiatal haláltól. Teste azonban olyannyira megsérült, hogy abban az állapotában hiába hozták volna vissza a holtak közül, ha már sohasem lesz olyan, mint régen. Így hát az egyetlen megoldást választották, ami működhetett. Míg lelke el nem hagyja testét, a tündérek készítenek egy pont ugyanolyan testet, mint amilyenben Ace is élt. Az egyetlen különbség, hogy az így elkészült test nem egy emberé, hanem egy tündéré, mivel annak felépítését tökéletesen értik a tündérek, szemben az emberével, akikkel még nem volt dolguk. De ehhez hatalmas mennyiségű életenergiára volt szükség, ami még a gyógyítóknak sem adatott meg. Hogy ezt a problémát megoldhassák, Violet átadta minden állat életenergiáját, amelyeket megmentett a szenvedéstől két éven át. A lány magába szívta az életerejüket, megszabadítva szörnyű kínjaiktól. Ez volt az ő végső kegyelemmegadási módszere. Ezenfelül kellett Ace nyaklánca és a gyógyítók minden ereje. Elsőre kicsit elképzelhetetlennek hat, a valóság azonban az, hogy sokkal hatásosabb és jobb az, ha valamiből újat alkotsz, mintsem a régit próbálod meg javítgatni. Ez a nem mindennapi cselekedet ismét bebizonyította a tündérek páratlan együttműködési képességeit. Ezen történet hallatán egyáltalán nem csoda, ha Ace újfent érzelmi hullámot lovagolt meg.

– Tehát, a test, amiben vagyok... Ez egy tündér teste?

– Így igaz. – felelte boldogan Violet.

– Ezek szerint én tündér lettem? – kérdezte Ace.

– Lényegében igen. – válaszoltak a gyógyítók.

– Mélyen, legbelül mindig is az voltál. – mosolygott Violet.

– Mi történt azzal a katonával, aki összeesett? Mi történt akkor? – kérdezte Violet-től, visszaemlékezve a szörnyű csatára.

– Baleset volt. – felelték a gyógyítók Violet helyett. A lány talán még most sem dolgozta fel teljesen, mit is tett, de a természetéből fakadóan lehetséges, hogy sohasem fogja tudni.

– Meg akartam állítani. – mondta halkan. – Elvontam az életerejéből, hogy rögtön mély álomba zuhanjon.

– Kérjük, ne hibáztasd magad miatta! – mondták a tündérek. – Mi nem ismerjük az emberi anatómiát. Violet nem tudhatta, mennyi életenergia áramlik az ember testében.

– Mit jelent ez? – kérdezte Ace.

– A tündérhez képest az emberben más fajta és sokkal kevesebb található az azt éltető, természetes életenergiából. Erre akkor jöttünk rá, amikor az emberi testedet vizsgáltuk. Az, ami éltet benneteket, csak a túléléshez elég. Arra is rájöttünk, hogy a tündérrel ellentétben az ember nem képes irányítani az öt elem erejét. Minden bizonnyal ezért van rajtad az országunk címerével ellátott nyaklánc.

135

– Az erő, amivel megvédtem Violet-et, nem ebből szárma-
zott. – ellenkezett.

– Tessék? – kérdeztek vissza értetlenül.

– Semmi. Nem érdekes. Csak elmerengtem magamban.

– El ne felejtsétek, a király már vár titeket! – figyelmeztették
a gyógyítók őket az idő múlására.

Következő állomásuk maga a Tündérvezér volt, ki talán min-
denkinél kíváncsibban várta őket. Ő az egyetlen, ki behatóbban
ismeri az embereket, leszámítva természetesen azokat, kik
önszántukból kutatják, tanulmányozzák világunkat. A tündérek
vezére egy olyasvalaki, aki minden tündér érdekében beszél és
dönt. Uralkodása egy életre szól, mely náluk átlagban kétszáz-
ötven év, de az sem ritka, hogy valaki akár háromszáz évet is
megél. Jelenlegi Tündérvezérük, Friðrik Guðberg. A tündérek
legfőbb kastélyában fogadta őket, melyet az őseik emeltek a
magas hegyek tetejére és fennsíkjaira több, mint 3000 évvel
ezelőtt. Jóval nagyobb és díszesebb volt, mint a Corvinus-kas-
tély. Egy egész hegytetőt elfoglalt. Több különféle rendeltetésű
kastélyból állt ez a monumentális épületrendszer. Rengeteg
szerepe volt, többek közt itt tárolták a legöregebb könyveket és
tekercseket. Ezekben főként irodalom és történelem volt írásba
foglalva, melyek mind a tündérek kultúráját őrizték magukban.
Egy része menedékhelyként szolgált, mikor az időjárás a lehető
legrosszabbra fordult. Itt tanultak a legkiemelkedőbb tudósok
és boszorkányok.

– Légy üdvözölve itthon, Violet! – köszöntötte a lányt a Tün-
dérkirály

– Hálásan köszönöm, királyunk! – köszönt Violet, ő és a
Tündérkirály egyszerre meghajoltak. Ace is követte példájukat.

– Köszöntelek szeretettel a népünk kastélyában, Ace Corvi-
nus! – üdvözölte Ace-t is. – A tündérek örömmel fogadnak soraik
közt, az örök béke országában, Tír na nÓg-ban!

– Köszönöm szépen a kedves fogadtatást! – mondta Ace.

– Amondó vagyok, menjünk a szobrokhoz! Ott jobb idő van,
mint itt.

Egy szoborterembe értek, ahol valóban kellemesebb volt az idő, a fejük fölött lévő, óriási tetőablak miatt. A fehér szobrok közt ott díszelgett a Corvinus-kastélyban talált, kisebb mű pontos mása. Jóval nagyobb márványszobor volt, mint amit Ace megcsodált, mikor először lépett be kastélyába. Ezek a nyomok arra utalnak, hogy Cornelius Corvinus elérte Tír na nÓg-ot életében. A ruha, amit a szobor ábrázolt, ugyanolyan öltözéket hordott a Tündérvezér is, annak férfi változatában.

– Bocsánat, megkérdezhetem, kit ábrázol az a szobor? – mutatott rá a műemlékre Ace.

– Az ott? – bizonyosodott meg róla, hogy melyikre is mutat a fiú. – Ő volt az én elődöm. A tündérek vezére, Cassia Minervalis. Nyugodjék békében!

– Ugyanő volt a Corvinus-kastélyban is. – lepődött meg Violet.

– Hogy-hogy nem ismerted fel? – kérdezte Ace.

– Még sosem láttam a szobrát. – felelte. – Mikor még gyerek voltam, az emlékmű még nem létezett. Hiszen Cassia királynő akkor még büszkén vigyázott népünkre.

– Való igaz, mindössze másfél éve távozott el közülünk. – mondta tiszteletteljes hangon a Tündérvezér. – Sokáig éltette az anyaföld, kétszázhetvenöt évig volt a tündérek királynője.

– Lenyűgöző. – mondta ámulatában Ace.

– Pontosan. – mondta a tündérvezér. – Ó, el is felejtettem! Úgy hallottam, Tír na nÓg népe egy új tündérrel bővült!

– A hír igaz, királyunk! – mondta boldogan Violet.

– Ez esetben Tír na nÓg örömmel fogad népébe, mint egy új tagot gyermekei közül! – jelentette ki ünnepélyesen.

– Nem is tudom, mit mondhatnék! – mondta Ace, megkönynyezve.

– El ne felejtsem! Nem ártana, ha szereznél magadnak egyet a népviseletből, az ünnepeinkre! – szólt Ace-hez a király.

– Miről van szó? – suttogta Violet-nek a fiú,

– Olyan, amilyen rajtam is van éppen. – felelte. – Ez a mi népviseletünk! Ezt hordjuk bármikor, mikor újévi ünnep van, gyászolunk, vagy születésnek örvendezünk, hagyományos táncokhoz is ezt viseljük. Olyan is van, aki csak úgy hordja. Kézzel készülnek. Fiúknak a szoknya nélkül.

– Illusztráció is lehetne a szótárban a „kényelmes" szó mellett. – mondta kedvesen Violet.

– Az már egyszer biztos. – vágta rá a Tündérvezér, nevetve. A tündérek országa a szó összes jelentésében lenyűgözte Ace-t. Violet abszolút nem túlzott, mikor róla mesélt. A királlyal való beszélgetés után elsétált vele egy legalább olyan különleges helyre, mint amilyen a kastély volt. Első látásra valamilyen emlékhelynek látszott egy völgyben a hegyek lábánál. Senki nem volt körülöttük. Egy tó fogta körül a kis szigetet, ahol szintén köralakzatban elhelyezett virágok díszítették a központi emlékművet. Tír na nÓg első uralkodójának szavait faragták a gondosan kifaragott szoborra, melyek az ország alapításakor a királynő beszédében hangzottak el. A szobor tetejére a királynő koronáját faragták, mely egy díszes párnán pihent.

Én, mint népem első királynője, kinyilvánítom e csodálatos földet a tündérek hazájává. Legyen ez az ország mindörökké a béke és a szeretet szimbóluma. Tír na nÓg neve jelentse a népe számára az otthont és a biztonságot.

A tündérek mindegyike szabadnak született mind testben, lélekben és elmében. A jog a tanulásra, a szerelem meglelésére, mások segítésére minden tündért megillet.

A planéta uralkodó élőlényeiként miránk hárul a természet oltalmazásának feladata. Ahogyan az anyatermészet élteti gyermekeit, úgy viselje az ő gondját a tündérek népe.

Címerünk legyen népünk örök védjegye, mely tanulmányozásával az egyén elnyerheti a magasabb lét értelmét, jelentését és valóját. Jelképezze az első pont, a személy akaraterejét és eltökéltségét. Jelképezze a második pont a feltétel nélküli szeretetet és a bölcsességet. Jelképezze a harmadik pont a tudást és értelmet. Jelképezze a negyedik pont a harmóniát és a nyugalmat. Jelképezze az ötödik pont a tudományt és az elme hatalmát. Jelképezze a hatodik pont az odaadást és az őszinteséget. Végül, jelképezze a hetedik pont a hűséget, az erkölcsöt és a tisztelettudást.

– Tudod, Ace? Mikor visszahoztunk az élők sorába tündérként, a rengeteg forrás, mely szükségeltetett hozzá, nem lett volna elég. – mondta Violet. Arckifejezése arról árulkodott, mintha csak megkerülte volna a szabályokat egy társasjátékban. Olyan, mint amikor nem csal valaki, hanem egyszerűen zseniálisan használja ki a lehetőségeket, ha taktikára kerül a sor.

– Nézd, én nem értek az ilyesmihez.

– Nem, nem úgy értem. Mikor megalkottuk tündér-valódat, egy probléma merült fel. Az életenergia, melyet én gyűjtöttem össze az emberi világban, a nyakláncod és a gyógyító tündérek minden ereje sem lett volna elég a feladat végrehajtásához. Én akkor sem tudtalak volna elengedni. Így a saját életenergiám egy részét is felajánlottam ahhoz, hogy sikerüljön.

Ace-nek fogalma sem volt arról, mit is mondhatna eme odaadó viselkedés láttán. – Miért tennéd meg egy emberért? – kérdezte révén, hogy bűntudatot érzett amiatt, hogy Violet ennyit áldozott érte.

– Te is megtetted értem. – vágta rá az egyenes választ a lány. – Tudtad, hogy nem fogod túlélni, mégis feláldoztad életed azért, hogy megments egy tündért. Ilyesmire csak is egy vérbeli tündér lenne képes. Véleményem szerint. Lemondtál emberségedről, ha mindössze egy pillanatra is. Az, hogy nem hagytalak eltávozni ilyen fiatalon, a legkevesebb, amit tehettem érted.

– Én akkor nem tudtam, mit csinálok. – ellenkezett.

– Pontosan! Ilyenkor senki nem tudna gondolkodni a félelemtől. Nem gondolkoztál, hanem azt tetted, amit a szíved diktált. Más szóval, amit helyesnek éreztél. Én vagyok az, aki sosem lehet elég hálás ezért! – mondta boldogan a lány.

– Szerintem pedig kvittek vagyunk! Mit szólsz hozzá? – kérdezte Ace.

– Még van valami. Hogyha valaki az életerejét adja a másiknak, akkor elméletben képes beszélni vele a lelkén keresztül.

– Halljuk egymás gondolatát?

– Majdnem. Képesek vagyunk beszélni egymással anélkül, hogy megszólalnánk. Hadd próbáljam ki!

A lány következő mondatától nagyot dobbant Ace szíve, arca teljesen elpirult. Egy pillanatra megkérdőjelezte, tisztán hallotta-e, amit hallott. Nem találva szavakat a helyzetre ismét hagyta, hogy tettei beszéljenek helyette. Lassan, békésen közelebb lépett Violet-hez, aki lehunyta szemét. Ace óvatosan közelebb ment a lányhoz, átkarolta, majd egy pillanatra mintha minden elcsendesült volna körülöttük, szívük egyszerre dobbant, ahogy ajkaik összeértek. A rengeteg fájdalom és szenvedés, min keresztülmentek, úgy érezték, ezért a pillanatért mind megérte. Mikor újra egymásra néztek, boldogan felnevettek, majd egy szoros ölelésben fejezték ki hálájukat találkozásukért.

Egyszer majd eljön az idő, mikor együtt fogunk pihenni, zenélni és énekelni a csendes éjszakán, a tábortűz mellett. Mikor elvetjük a haragot, eldobjuk fegyvereinket, és az ellenségekből barátok lesznek. Elmeséljük egymás életének történetét, vicceket mondunk, nézzük, ahogyan a csillagos ég a fejünk fölé emelkedik. Elmerengünk azon, kik is vagyunk, min vagyunk keresztül és mi a jövőnk. Büszkén fognak lenézni ránk édesanyáink, kik békében nyugodhatnak abban tudatban, fiaik barátként élik le az életüket, boldogan, elvetve az ellenségeskedést, a félreértéseket, az egymással szembeni kétkedést. Emlékezni fogunk mindenkire, akik életüket adták, hogy áldozatuk ne legyen hiábavaló. Emeljük hát poharunkat egészségükre, a békére, melyet ezen a napon kötünk, és a következő évszázad fénylő birodalmára!

Karakterjellemzések

Ace Corvinus [ész korvinusz]: Egyke fiú, aki sokakat leköröz, ha a puszta élettapasztalatról van szó. Alig tizenhét évesen Ace egy meglehetősen depresszív és visszahúzódó gyerek. Szívében azonban csakúgy lángol a harag tüze, melyet sajátjai és önmaga iránt érez. Ő az, aki egyszerre képes a legártatlanabb bárány és a legdühösebb farkas is lenni.

Violet [vájolet]: Egy eléggé szégyenlős, ugyanakkor nagyon kedves és tapintatos lány. A szerencsétlenség alaposan lesújtott rá, mikor egy váratlan szerencsétlenségnek köszönhetően itt kötött ki nálunk, az emberi világban, Aeren egyik legsötétebb erdejében. Itt két évet töltött el, ami erősen megviselte, és ehhez az is hozzájárul, hogy ezekben az időkben rendszeresen kellett utolsó kegyelmet nyújtania azon állatoknak, akik menthetetlen állapotban szaladtak hozzá, nyilakkal a testükben.

Marcus Marlow [márkusz marló(v)]: Családjának talán legelkötelezettebb tagja, akik még őrzik a Corvinusok emlékét. Hajdanán vadász volt, de sérülése örökre ellehetetlenítette a kastély felkeresésétől. Ezt követően egyszerű inasként tevékenykedett, a célját azonban sosem feledte.

Isadora Marlow [izadóra marló(v)]: Miután Ace-t kicsapták az iskolából, anyja sajnos kénytelen volt szembenézni a ténnyel, hogy sosem lesznek többek holmi bujdosóknál. Élete nagyrészét aggódással kell töltenie, egyrészt csavargó fia miatt, másrészt mert ugyanerre a fiúra ránehezedik a saját családjának minden terhe, ami hamarosan csak még tovább nő.

Iavoda [jávoda]: Egy sárkány. Egyike azon ritka példányoknak, akik látogatják néha a világunkat. Nemcsak minket, embereket ismer, de számos más fajt is. Rengeteg a tapasztalata róluk, emiatt nem kedveli őket különösebben. Amikor azonban megismeri Ace-t, rájön, hogy igenis van még néhány értékes ember köztünk.

Zack [zek]: Ace egyetlen barátja gyermekkorából. Nagyban hozzájárult ahhoz, hogy a fiú ne őrüljön bele a saját világa kegyetlenségeibe. Zack sosem volt egy harcoló típus, mindig próbálta kerülni a bajt.

Theodorus Corvinus [teodórusz korvinusz]: Ace apja és egyben a legnagyobb rejtély az egész családban. Elindult a csatába és többet nem tért vissza. Egy püspöklovag megmentette, ahogyan sok mást is. Bevették a lovagok közé és tizenöt év alatt vezérlovaggá küzdötte fel magát. Nem tudni, hálából-e, vagy hitből, de őszintén gyűlöli és megveti a boszorkányokat. Az ő teóriája szerint ők minden baj okozói. Miattuk van annyi szenvedés még a háború befejeződése után is. Új családjának a lovagokat tekinti, akik alatta szolgálnak. Számára ők a legfontosabbak. Ez a boszorkányüldözős rögeszméje és a rengeteg vér, mit kiontott, az évek alatt paranoiássá és kiszámíthatatlanná tette.

Friðrik Guðberg [fridrik gudberg]: Jószívű, bár megviselt, Friðrik jelenlegi Tír na nÓg uralkodója. Mikor a cselekmény történik, kétszázharmincnyolc éves, ami igencsak előrehaladott kornak számít náluk.

Tsaeou [cszéó]: A mindig jókedvű, kicsit bolond sárkány, Tsaeou. Nagyon fiatal, huszonegy éves. Ez emberi korba átszámítva egy tizenöt éves gyerekkel lenne arányos. Tsaeou azért minősül nagyon különleges sárkánynak, mert fajtársaival ellentétben ő nem morcoskodik állandó jelleggel, éppen ellenkezőleg – mindenki felé pozitívan mutatkozik.

A szerző

Daniel Phoenix 2001-ben született Cegléden,
logisztikus érettségivel rendelkezik. Elsőkötetes
szerző. Bár fiatal pályakezdő, a későbbiekben
szeretne elismert személynek számítani a
fantasy-írók világában. Önmagát megbízható,
empatikus személynek vallja, amely első
könyvében is megfigyelhető. Érdeklődik a
természettudományok, okkult tudományok,
pszichológia iránt. Művében, A Démon és a Tündér
legendájában középponti szerepet kap az emberi
természet megismerése.

A kiadó

Aki feladja,
hogy jobbá váljon,
feladta,
hogy jobb legyen!

E mottó alapján a novum publishing kiadó célja
az új kéziratok felkutatása, megjelentetése,
és szerzőik hosszútávú segítése. Az 1997-ben
alapított, többszörösen kitüntetett kiadó az egyik
legjelentősebb, újdonsült szerzőkre specializálódott
kiadónak számít többek között Ausztriában,
Németországban és Svájcban.

**Valamennyi új kézirat rövid időn belül egy
ingyenes, kötelezettségek nélküli kiadói
véleményezésen esik át.**

További információkat a kiadóról és
a könyvekről az alábbi oldalon talál:

www.novumpublishing.hu

Értékelje
ezt a könyvet
honlapunkon!

www.novumpublishing.hu